新语

飞过历史天空的鸟

马国兴 吕文善 主编

▶

郑州大学出版社

郑州

图书在版编目(CIP)数据

新语:飞过历史天空的鸟/马国兴,吕双喜主编.—郑州:
郑州大学出版社,2019.1
　(小小说美文馆)
　ISBN 978-7-5645-5980-9

Ⅰ.①新…　Ⅱ.①马…②吕…　Ⅲ.①小小说-小说集-中国-当代
Ⅳ.①I247.82

中国版本图书馆 CIP 数据核字（2019）第 006576 号

郑州大学出版社出版发行　　　　　　　邮政编码:450052
郑州市大学路40号
出版人:张功员　　　　　　　　　　　发行部电话:0371-66658405
全国新华书店经销
河南龙华印务有限公司印制
开本:710 mm×1 010 mm　1/16
印张:10
字数:147 千字
版次:2019 年 1 月第 1 版　　　　　　印次:2019 年 1 月第 1 次印刷

书号:ISBN 978-7-5645-5980-9　　　　定价:29.80 元

编委名单

总策划　任晓燕

主　编　马国兴　吕双喜

副主编　王彦艳　郜　毅

编　委　马　骁　牛桂玲　胡红影　李锦霞
　　　　　段　明　孙文然　丁爱红　郑　静
　　　　　付　强　连俊超　郭　恒

序

任晓燕

　　"小小说美文馆"丛书这项出版工程，推举小小说作家，推出小小说作品，推广小小说文体，为进一步推动全民阅读工作常态化、规范化，提升国民素质和社会文明程度，共同建设书香社会，做出了应有的贡献。

　　纵观我国现代文学史，每一种文体的兴盛都有其复杂的社会文化背景。其中，传媒载体是一个不容忽视的重要条件。如大型文学期刊之于中、短篇小说，报纸文化副刊之于散文、随笔。现代社会，传媒往往引导着阅读的时尚。

　　当代中国的小小说，也是如此。

　　仅仅在三十多年前，小小说对于读者来说，还是一个较为陌生的概念。在称谓上也五花八门，诸如微型小说、一分钟小说、超短篇小说、袖珍小说、千字小说、快餐小说、迷你小说等。当时，全国没有一家小小说专业报刊，小小说作品往往作为报刊的补白或点缀，难登大雅之堂。与之相对应，也没有专门从事小小说创作的作家，大都属于散兵游勇式的业余创作。而全国性的文学评奖，更是从来就没有小小说的一席之地。

　　在这种情况下，1982年10月，郑州小小说文化传媒有限公司的前身百花园杂志社，敢为天下先，在旗下的文学期刊《百花园》推出"小小说专号"，引起文学界的关注，受到读者的欢迎。此后，1985年1月，《小小说选刊》正式创刊；1990年1月，《百花园》改版为专发小小说的期刊。此外，百花园杂志社还多次举办小小说笔会、评奖等文学活动，先后创办小小说学会、函授学校等民间机构，不断推进小小说作家专集、作品选本等出版项目。

　　通过业界同仁多年不懈的努力，小小说已从点点泛绿到蔚然成林，以独立的姿态屹立于中国当代文坛，跻身"小说四大家族"，并进入鲁迅文学奖评选序列，在全国各地拥有逾千人的较为稳定的创作队伍，成为广大读者喜闻乐见的文体。

小小说是新兴的文体，又有着古老的渊源，在一定程度上，它与文学的起源密不可分：上古神话传说如《夸父逐日》《嫦娥奔月》《女娲补天》等，就具有小小说精炼、精美的叙事特征；春秋战国的诸子著述，不乏微型珍品；南朝刘义庆的《世说新语》，堪称我国最早出现的小小说集；宋代人编撰的《太平广记》，可谓自汉代至宋初野史小小说的集大成著作；清代蒲松龄的《聊斋志异》，创立古典小小说的高峰；现代鲁迅的《一件小事》等，开启白话小小说兴盛的序幕。

近几十年来，小小说之所以大行其道，是与现代生活节奏合拍分不开的。从这个角度来说，小小说是一种最具有读者意识的文体。同时，小小说受到世人的普遍关注，根本原因在于展示出了宝贵的文学艺术价值。当代中国的小小说，继承了从古代神话到诸子寓言、从史传文学到笔记小说的叙事艺术传统，并与各种艺术形式的美学精神相通相融。比如对意象之美和境界之美的追求，就代表着中国文艺美学的主要传统，它是至高的，也是永恒的，也正是小小说艺术的自我要求。

文学创作的成功与否，不能以篇幅长短而论，最终还是看思想艺术上的成就。诸多优秀小小说作品，言近旨远，微言大义，给读者留下了难以磨灭的印象，其艺术含量和思想容量丝毫不逊于中、短篇小说。所以，小小说最能够、也最便于在读者心灵上打下烙印，原因就在于它的精炼和集中，常常呈现给读者引人入胜或发人深思的典型事件，性格鲜明的典型人物。小小说还是"留白的艺术"，把最大的想象空间留给读者，去回味、创造和补充。小小说对语言的要求很高，诗歌创作中的炼字炼意，对于小小说同样适用。

当代中国的小小说已形成气候，成为一种广阔的文学景观。今日，小小说已步入创作成熟期，以特有的艺术魅力丰富着我们的精神生活，也必将在文学史上留下自己的位置。在此，作为一位"小小说人"，我期望小小说作家像苍穹中的繁星那样，闪烁出五彩缤纷的个性之光。

（任晓燕，郑州小小说文化传媒有限公司董事长，《百花园》《小小说选刊》总编辑。）

目录

江南落雪无

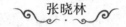

张晓林

　　王荆公与司马温公政见多有分歧，尤其在熙丰变法一事上，围绕二公在朝堂上似乎形成了两个敌对的阵营，双方常常是唇枪舌剑，恨不得在对方身上戳几个窟窿出来。但一走下朝堂，私下里论及学问时，二人间那风趣的谈吐、善意的调侃、会心的微笑却又宛然是一对亲密无间的异姓兄弟。政事和个人友谊如此泾渭分明，大概也只有古圣贤才能做得到了。

　　譬如王荆公写了一首诗，诗名叫"扇子"，内容如下："玉斧修成宝月团，月边仍有女乘鸾。青冥风露非人世，鬓乱钗横特地寒。"他用书法抄在澄心堂纸上，拿给司马温公。

　　司马温公将诗读了一遍，说："唔，好诗，虽是取玉川子《醉归》一诗之意而作，但胜之远矣！"

　　荆公双手一揖："愿闻高见。"

　　司马温公说："玉川子为一代高僧，尽管不以诗名世，但《醉归》一诗沛然如从肝肺中流出，不见有丝毫斧凿痕迹，他靠的是真性情。荆公此诗，不单气韵生动，而又深谙为诗之道，是故胜之矣。"

　　荆公叹服。

　　司马温公曾著《诗话》一则，偶把老杜诗句"黄独无苗山雪盛"中的"黄

独"误录为"黄精"了,恰被荆公看到了,禁不住有几分兴奋,呵呵大笑着说:"温公也有丢丑的一天呀!"遂在一旁眉批道:"黄独是残留在冬天野地里的小块山芋,江南俗名叫土卵。杜子美流离江湖间,能有黄独果腹就不错了,怎能像道人剑客那样去食黄精呢?"

隔一天,温公见到眉批,备了一篑经书,登门向荆公致谢。

平素,王荆公不讲究生活小节,常常会闹出一些小笑话。一日,王荆公与司马温公同在朝堂与皇上议事,忽然,一只虱子从荆公襦领上爬了出来,它在荆公的脸颊上转了一圈,然后爬到鬓角上不动了。荆公竟浑然不知。

皇上看见了这只虱子,笑了笑,没说什么。

司马温公也看见了这只虱子,在朝堂上,他也没说什么。退下朝来,一出集英殿大门,他就问荆公:"可知皇上刚才为何发笑?"

荆公很奇怪地扭转头:"不知道。"

司马温公指着荆公的鬓角说:"笑的是它。"

荆公一愣:"笑我?笑我做甚?"

司马温公忍住笑:"不是你,是它——一只虱子。"

王荆公脸红了。忙叫来一个随从,要他把那只虱子给捏下来。不想,温公却伸手给拦住了。

"不可,不可,千万不能捏杀它。"

"为何?"荆公不解。

司马温公笑着解释:"这只虱子不寻常,有诗为证,'屡游相鬓,曾经御览'。"

王荆公也跟着笑了。

王荆公在坊间刊刻了一部书,名曰《字说》,他对这部书很满意,见了熟识的人都要送一本,司马温公也接到了一本。

司马温公没看几页,就找荆公商榷来了。

司马温公说:"以竹鞭马为笃倒还说得过去,以竹鞭犬有什么可笑的呢?"

荆公说:"古人认为可笑,自有可笑的理由。"

司马温公不服气。

司马温公不服气,自有人服气。不久,《字说》一书在朝野流行开来。南宋高宗年间的曾慥在他的笔记《高斋漫录》一书中这样记载说"学校经义论策,悉用《字说》。"

这一年庚子科的科选中,有一个叫胡汝霖的举子在答用武策时,就模仿荆公《字说》体例作了一篇文章,结果竟然高中榜首。

政治就像翻烧饼,一面热,另一面就凉。一面不会总热,另一面也不会总凉。元初年,司马温公拜相。王荆公下野,退居金陵钟山。

在钟山,王荆公过得很洒脱,每天骑匹小毛驴,与一二山民结伴,去山深林幽处闲逛,累了就头枕青山绿水歇歇脚,兴尽而返。有客人来访,就陪着在茅舍前的古松下弈棋。再不,就增删他的《字说》。

对于《字说》一书,王荆公可谓呕心沥血。他曾因注解"飞"字没有找到满意的注脚,竟在涧水边徘徊了整整一天,饭也不吃,嘴里念念有词,样子很怕人。王老夫人寻到他,问明原因,说"何不以'鸟反爪而升'注之"。荆公想了想,笑起来。

荆公虽然闲居钟山,可对庙堂之事并不能忘怀,每逢有人自北方来,他都要打探一下东京的消息。往往,还要问一问司马温公的近况。

这些来拜见荆公的人,无论是朝中大员还是地方小吏,大都拣好听的跟他说。

有一次,荆公旧时门人周种来访,荆公陪他在山间闲走,走到一株松树下,停下脚步,扭过头忽然对周种说:"司马温公是个君子啊。"

周种一愣,随即醒悟过来,默然不语。

又朝前走几步,荆公又说:"司马温公是个君子啊。"这句话荆公一连说了四遍,见周种一直沉默不语,不禁深感奇怪,说:"周贤婿,为何不言语?"

周种迟疑良久，说："恩公，熙丰政事已全被更易，您知道吗?"

荆公怔住，后来笑道："这可以理解。"

周种又说："还有一事，恩公或许不知。"

"唔，什么事，说说看。"

"司马温公拜相以来，满朝上下无人再读《字说》了。"

荆公的脸慢慢变得苍白，怒道："政见相背，《字说》何错!"这天夜里，荆公在书房一夜未眠，书写"司马光"三字数百纸。

这一年的冬天，东京连降十余日大雪，阴风呼号，滴水成冰，天气出奇地寒冷。某夜，司马温公靠着炉火细读《字说》，读到入港处，不禁叹道："天下奇书啊!"一阵寒风敲击着窗户。司马温公忽然想起，已有一段时日没有荆公的消息了。不知近来景况若何? 金陵不似东京这样寒冷吧! 不知江南落雪无?

天　性

张晓林

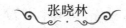

荆公挥毫抄了一通《楞严经》，忽然想起了苏轼。

昨日黄昏，他在金陵驿站正与吕惠卿对弈，驿站胥吏走过来，递给他一道札子，然后低声说道："相爷，明日东坡先生要路过金陵。"

荆公一愣，随即醒悟过来。一眨眼，苏轼被他贬到黄州五年了。半个月前，朝廷下旨，改任苏轼为汝州团练副使，想是要前往赴任了。

窗外响起数声雁鸣。荆公推了棋局，浅浅地叹了一声。他又想起那次文人雅集，苏轼给他的书法题跋的事来。苏轼称他的书法"得无法之法"，并且说，"世俗人不可学"！

荆公打心底佩服苏轼的眼界。

贬苏轼去黄州，荆公的心理是很复杂的。有时仔细想想，竟说不清到底是什么原因。

但是，有几件小事，却让他至今想起，胸口还有些堵。

荆公原是个不讲究生活小节的人，他平日穿衣裳，邋里邋遢的，枯皱麻叶一般，领襟上也常是厚厚的一层油垢，明晃晃的，照汴京乡间的俗话说，在上面可以打火子了。吃饭也是如此，荆公喜欢吃萝卜、大葱、辣椒等物，又不漱口，一说话，空气都变了味。

荆公生活上不讲究，可他在有些事上却很计较。他两次贬苏轼，其实都与一些鸡毛蒜皮的小事有关。

苏轼在翰林院任职时，荆公喜欢找他闲谈。

荆公著了一本书，叫《字说》，对每一个字都做一番解释。因此，荆公平日喜欢与人探讨字的渊源。有一日，荆公又与苏轼闲聊，偶尔谈到了东坡的"坡"字，荆公说："'坡'从土从皮，所以说，'坡'就是土地的皮啊。"

苏轼笑笑，说："按相国的说法，'滑'应该是水的骨头了。"

荆公很认真地说："古人造字，都是有说法的，再如四马为驷，天虫为蚕等。"

苏轼也严肃起来，朝荆公拱手道："鸠字九鸟，相国可知它的出处？"

"不知，愿闻其详。"荆公真心请教。

苏轼说："《毛诗》云，'鸣鸠在桑，其子七兮'。那么，加上它们的爹娘，不正是九个吗？"

荆公愣在那儿，一句话都说不出来了。

回到相府，荆公脸色还很难看。恰逢吕惠卿来访，就问："恩相有啥不顺心的事？"

荆公愤愤地说："苏轼戏耍老夫！"

吕惠卿问了缘由，很生气。"这样的轻薄之徒，撵出京城算了。"结果，苏轼被贬到湖州做了刺史。

苏轼去湖州当刺史了，荆公反倒觉得身边一时少了些什么。

湖州刺史三年任满，苏轼回东京交差另补。这期间，他已知道被贬湖州是因为冒犯荆公之故，所以，一到京城，就先去拜见荆公，有致歉之意。

不凑巧，荆公骑小毛驴闲逛去了。荆公府上管家就引苏轼到书房用茶。

在书房，苏轼见到了荆公刚作的两句诗：西风昨夜过园林，吹落黄花满地金。读过，苏轼笑了。"荆公闹笑话了，菊花性最傲寒，岂有被秋风吹落之理。"苏轼不觉手痒，捻起桌上的紫狼毫，落纸立就，依韵和道：秋花不比春花落，说与诗人仔细吟。

　　和罢诗，苏轼猛然醒悟。今天是来道歉的，怎么又与宰相"对"上了。他怕与荆公见面尴尬，便匆匆告辞，想找机会再与荆公解释。

　　可是不久，苏轼却又被贬到黄州去了。

　　人世沧桑，五年又过去了。想到这些，荆公心头涌过一种别样的滋味。他决定今天去秦淮河边与苏轼见上一面。他动了一个念头，倘若苏轼轻浮的毛病改掉了，仍让他回京城到翰林院去做学问吧。

　　吃过年饭，荆公身着便服，在秦淮河畔会见了苏轼。

　　在荆公眼里，苏轼苍老了许多。两鬓似乎已有银丝飘拂。荆公一时觉得两眼有些酸涩，内心隐隐有歉意徘徊。

　　苏轼一身素装，连帽子也没戴，他朝荆公揖手一拜，说："轼今日以野服见大丞相，失礼了。"

　　荆公一笑，说："礼哪里是为我们设的呵！"

　　苏轼眼里就含了泪花："轼无德，自知相国门下用轼不着。"

　　荆公默然，携了苏轼的手，说："我们去将山碧云寺吃茶。"

　　登上将山，但见树木青翠，涧水如练。时闻山虫唧唧，鸟声相和。真一派大好风光。二人心情畅快起来，苏轼话语渐多。

　　进得碧云寺，即见一合围古松下，已摆好茶几。茶几旁还设一大案，笔、墨、纸、砚齐备。方丈了尘禅师合掌相迎。了尘方丈素喜书法，且颇具造诣。今日两位书法大家来寺，自是笔墨侍候了。

　　茶是好茶，谷雨前朱家坞的碧螺春，吃着吃着，众人就有些醉意了。

　　荆公来了雅兴，指着案上的巨大砚台说："集古人诗联句以赋此砚，如何？"

　　荆公话一落，苏轼即应声道："此乃雅事，我先来。"他站起身来便朗声大唱："巧斫斫山骨。"

　　苏轼首联一出，满座寂静无声。

荆公沉思了好大一阵子，也没有对出来。便放了茶盏，讪讪地说："趁大好天色，我们不如穷览蒋山胜景，对诗一事，可慢慢琢磨。"

这一日，相随者有监京城广利门田昼等三两个大臣。田昼对那二人说："荆公寻常好以对诗难为他人，不想今日却被子瞻难住了。"二人嗒嗒。

苏轼与了尘禅师走在众人前面，不时指点江山，似乎陶醉在这山色之中了。

荆公看着苏轼的背影，心底深深叹了一声。

洁 癖

张晓林

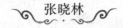

　　米芾素有洁癖。在世俗人的眼里,这是一种怪病。因为这种病,米芾得罪过许多人。

　　杨皓是黄庭坚的朋友,与米芾也多有交往。他们常在一起饮酒,吟诗填词,切磋书艺。有一天,他们来樊楼小酌。杨皓是个很洒脱的人,席间,他叫来了三个歌伎,一边喝酒,一边听歌,很是惬意。

　　喝着喝着,杨皓喝得高兴了。他离开座位,走到一个歌伎跟前,一弯腰,撩起歌伎的长裙,把她的绣花鞋给脱了下来。他把绣鞋搁在鼻子前深深地吸了一口气,把酒杯放了进去,对大家说:"这叫鞋杯,今天咱们喝个花酒。"

　　他的话还没说完,米芾的脸就黑透了。他抬起脚,就把酒桌踢翻了。

　　杨皓也勃然变色。

　　从此,米杨二人再也没有来往过。

　　除了书法、绘画、砚台、奇石,米芾还喜欢饮茶。他常对朋友说:"品茶试砚,是第一韵事。"

　　米芾饮茶,喜欢"淡者",也叫"茶佛一味"。

　　更多的时候,米芾喜欢一个人独饮。缓烹慢煎,细品悠啜。窗外或是芭蕉细雨,或是搅天大雪,都仿佛离自己很遥远了。个中滋味,不可言传。

有时候，也携一二好友共饮。品茶，一人得神，二人得趣，三人得味。人再多，趣味就全无了。

能和米芾一起饮茶的，多是些骚人墨客。

但也有看走眼的事情发生。

米芾新得了几饼蔡襄的小龙团，恰逢这一夜月白风清，米芾来了情致，便携茶拜访初结识的朋友赵三言。

赵三言是赵宋宗室，吹得一口好横笛，婉转悠扬，没有一丝尘俗之音。

米芾结识他，是在听了他的横笛后。

坐定，赵三言让书童烹茶，二人说了一些闲话。茶上来，香气淡淡地充溢了整个屋子。赵三言很激动，连呼："好茶！"米芾有点不高兴了，他觉得这喊声太刺耳。

茶稍凉，赵三言连喝三盏，嘴里啧啧有声。

米芾坐不住了，他"呼"地站起来，说："没想到你这个人这么俗！"

米芾把这个新结识的朋友又给得罪了。找上门去得罪人，这就是米芾。

杨皓上次受了米芾的羞辱，一直窝在心里。

这一年，米芾犯了事。

有人得了一幅戴嵩的《斗牛图》，弄不准真伪，就拿来叫米芾鉴别。画幅打开，米芾眼睛都直了。他对来人说："画，先搁在这儿，你明天来取，我得细细地揣摩一下。"

那人犹豫了一阵子，还是放下了《斗牛图》。

第二天，那人来取画，米芾说："画是假的。"

来人接过《斗牛图》，狐疑地走了。

不久，那人就把米芾告到了御史台，说米芾骗走了他的名画。

主抓这个案子的御史，就是杨皓。

杨皓是办案的行家。他找来一个鉴画的老油子，老油子一看，说："这画的墨色不会超过半月。"

米芾没话说了。他还给那人的《斗牛图》是他临摹的。他把真迹给昧下了。

杨皓把米芾关进了大牢。

在狱中,米芾也没能丢掉他的怪毛病。

狱卒来给他送饭,米芾告诉他:"再送饭时请把饭碗举过头顶。"

狱卒觉得这个犯人很有意思。

狱卒下次送饭,把饭碗举得高高的,嘴里唱着戏文,旋风般地来去——他当成一种乐趣了。

有一天,偶与人谈及此事,那个人知道米芾的底细,笑笑说:"没有别的,这个人爱干净,他怕你嘴里的浊气呼到饭上去。"

狱卒听了,半天没有言语,只有牙齿在嘴巴里咯嘣咯嘣响。

晚上送饭,狱卒见米芾还在梦乡,就拾起两三根稻草,窝了窝,去旁边的溺器中蘸了一下,捞出,狠狠地在饭碗里搅拌起来。

米芾睡醒了,觉得肚子饿得厉害。他看见了狱门口的饭碗。他走过去,端起了饭碗。

与猫鼠为友

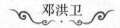

邓洪卫

贾诩,字文和,武威姑臧人(今甘肃武威),三国时期魏国著名军事家、谋士。

贾诩的父亲是个实在人。实在人爱较真,认死理,按现在我们这地方的土话来说,头脑比较"整"。"整",就是不开化的意思,老跟人说不到一块儿去。人家明明是好意,提醒他,他却觉得人家在算计他,想占他便宜。时间长了,邻居们都烦了,说:"好心当作驴肝肺,还嫌驴肝没得味。"

所以贾家在乡里的人缘并不好。贾家有什么事,别人看到跟没看到一样,都绕着走。而贾老爹并不明白是自己的性格有问题,认准是乡人合伙欺负他,也就不与乡人来往。如此恶性循环,这家就孤立了。乡人不仅不与贾家大人交往,也不许小孩之间来往。贾诩就显得孤独,性格也孤僻。孤僻了,就少事,正好多读书,跟书交朋友。

贾诩读书累了,就出来散散步。路上总会遇到不少人,但人家都不搭理他。贾诩也不搭理他们,遛弯儿就尽量往人少的地方去。

一日,于山野处遇一猫。这猫病得不轻,瘦小枯干,样子很邋遢,可怜兮兮地看着贾诩。贾诩就把它带回家,给它洗澡,给它吃食。几天工夫,这猫就被喂养得虎虎生威,圆头圆脑,面颊宽大,肌肉肥厚,皮毛光亮。贾诩很喜欢。

可贾诩的父母不喜欢。古人说，猫是奸臣，狗是忠臣。怎么着也得养只狗啊，赶紧扔了吧。

贾诩舍不得，自己在村外找间房子，搬出来，单住。

这猫身手敏捷，一副顽劣相。尤其捉鼠，一捉一个准。捉到并不食，也不咬死，而是在爪下细细把玩。摸摸须儿，揉揉肚子，把鼠儿弄得晕头转向，不知这猫爷什么心思。玩久了，猫儿开始打盹儿，鼠儿趁机脱逃。猫儿也不着急，继续做它的大梦。醒了之后，在屋里跑几圈，又捉到一只，再把玩。又放了。再捉。如是多次。鼠儿也就不畏惧，反而主动跑过来，跟它一起玩，熟得跟朋友一样。

贾诩觉得很奇怪，也很有意思。闲时观猫玩鼠，不再孤独，反觉有乐趣。

闲下来，贾诩还是散步。带着猫，猫后跟着一群鼠。路人看到，都躲。也有好奇的，站在路边看，免不了议论："作孽，自古猫与老鼠为天敌，哪有猫鼠同行为友的？坏了纲常。"

"贾家这小子脑袋坏了，不学好啊。"

这天，人、猫、鼠正结伴闲逛，迎面过来一人，跟贾诩搭话："先生尊姓大名？"

"小生贾诩。"

"我看先生相貌不俗，将来定能如张良、陈平一样成就大事。"

贾诩这才仔细看来人。此人骨骼清奇，飘飘然有神仙气概。

"先生尊姓大名？"

"在下汉阳人阎忠。"

这可是当时的名士啊。阎先生给贾诩一张名片，说，拿着这个，去找某某人，不需多言，就可弄个官做。

贾诩接过，称谢。阎先生飘然而去。

贾诩凭着这张名片，去了武威。临行前，猫鼠们送出老远，啃啃贾诩的

鞋子，咬咬衣巾，依依不舍。贾诩说："你们回吧，还到我的屋里去，那里有粮食，该吃吃，该喝喝，我会回来看你们的。"猫鼠们停住。

贾诩来见武威的地方官，果然被举为孝廉，做了个小官。但没做多久，贾诩觉得没意思，跟上司、同僚、下属说话都得费心思。累！

还是跟猫鼠同居好啊，自由、平等、和谐，无是非争执。

实在耐不下去，就假托生病，辞官回乡。回乡以后才知道，他那群猫鼠在他走后就没回去。

又听人说，他们亲眼看见猫鼠们都跳到姑臧河里去了。

还有一种说法，猫鼠们被乡人捕杀，烤着下酒吃了。

到底哪种说法准确，贾诩吃不准。

贾诩到老年的时候，常对他的儿孙辈说这档子事："我的父母说，猫是奸臣，鼠是污臣，狗是忠臣。其实，猫也是忠臣，鼠也并不贪。这么多年了，我见过各类人等，可让我最难忘的，还是那只猫和那群鼠。"

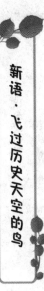

张 松

邓洪卫

刘备取了荆州，又想得西川。

仿佛有了心灵感应。这时，西川有一个人在想，西川这么好的地方没有明主来守，如果让刘备来做西川之主多好啊。此人叫张松，是西川刘璋帐下的一个别驾。张松愿把西川拱手献与刘备。他决定亲自到荆州去一趟。

张松来荆州之前，与他的哥哥、广汉太守张肃发生了争执。张肃说："弟弟此去是想把西川献给刘备吗？"张松说："正是。"张肃说："古人云，烈女不嫁二夫，忠臣不事二主。我们哥俩在贫困之时投奔刘璋，蒙刘璋不弃，收留下来。他对我们恩重如山，现在你却拿他的土地去献给徒有虚名的刘备，这难道不是卖主求荣吗？"

张松说："不然。良禽择木而栖，良臣择主而事。刘璋虽为西川之主，可他禀性懦弱，缺乏主见。此等人想守住疆土亦不可能，更遑论开拓疆土、建功立业。我们与其坐而等待别人来选择自己，不如主动去选择明主。我纵观天下，只有刘备值得信赖。如果他能入主西川，是西川百姓之福啊。"

张肃说："可你为什么不把西川献给曹公，偏偏要献给刘备呢？"

张松说："当今天下，同时拥有聪明诚实的人，才能称为明主。曹操聪明而不诚实，过于暴戾，非明主也。刘璋虽诚实而不聪明，必将受制于人，亦非

明主。唯刘备聪明而诚实,仁义布于四海。龙岂池中物,乘雷欲上天。刘备他日必能荡平宇内,成就霸王之业。"

张肃说:"南海有一条鱼,它不满足于在海里自由自在地生活,却希望能到岸上去接受阳光的沐浴,以为那才是最理想的境界。有一天,它被冲到沙滩上,想再回到海里已经晚了,最终被阳光烤死。你在西川刘璋手下干得很好,现在却要引刘备入川,这跟离开大海到岸上晒太阳的鱼有什么两样呢?"

张松说:"我听说,北方有一种鸟,成天卧在窝里,饿了,就张开嘴,妄想天上有小虫子能无意中掉到它嘴里;冷了,也不想出来加固它的窝巢。最终不是饿死,就是冻死。这难道不是很可悲吗? 我还听说,北海有一种鸟,其名为鹏,它展开双翅,如天边的云朵,拍打双翅能像旋风一样飞到九万里的高空,没有人知道它的志向有多远。你说它们谁的人生更有价值呢?"

张肃说:"伯夷叔齐乃古之圣贤,二人情深意笃,宁饿死在首阳山也不愿分离。如今,你要助刘备取西川,我要助刘璋守西川,如水火不能相容。弟弟应该想一想伯夷叔齐呀。"

张松说:"伯夷叔齐为兄弟之情而废国家大事,不足取也。我意已决,兄长就不要再说了。"

张松离开西川,到荆州见刘备,将《西川地形图》拱手献上。刘备在张松帮助下,很快进入西川。经过一番苦战,进逼成都。可这时候,张松却被刘璋抓了起来。告密的人正是张肃。

之前,张肃来见张松,说:"兄弟,你怎么能真的这么做呢? 我们可世受刘璋恩德啊!"

张松笑了:"等刘皇叔一到成都,我与他里应外合,大事就矣。我们可以施展才华,不负平生所愿。"

张肃出了张松的府第,来到一个酒馆喝酒。酒一杯一杯下肚,菜却一筷没动。他很矛盾,想起许多往事。这兄弟俩感情可非同一般。父母早逝,他们寄居在叔父那里。叔父对他们兄弟还行，可婶子对他们却很嫌弃。见到他们吃一点喝一点，就来气，经常瞪着眼，给脸色看。没办法，他带着张松出来谋生，幸亏遇到好心人相助，供他们读书。张肃和张松都很聪明，特别是张松，记忆力特好，过目成诵。后来，兄弟二人带着理想和才学去投奔刘璋，路遇大雨，被困深山。张肃把最厚重的衣服披在弟弟身上，把仅存的干粮给弟弟吃。自己穿着单衣，忍饥受饿。好不容易见到刘璋。刘璋对他们不错，给他们封官。本来日子过得好好的，可是弟弟偏要把西川献给大耳贼刘备。这是恩将仇报啊。他张肃也有志向，也知道刘璋性格懦弱，非守业之主。可是，谁献西川，他们哥俩也不能献啊！

不知喝了多少杯。最后，张肃起身，出了店门，打马扬鞭，来见刘璋。

张肃拿出一封书信。原来，他早已偷偷地取得一封张松与刘备的通信。刘璋冲天大怒，传令将张松满门抄斩。可怜张松还在睡梦中，就被抓了起来。他仰天长叹："未能见刘皇叔入主成都，我死不瞑目！"

不久，刘备果然进入成都。举城庆贺，文武皆有封赏。有人对刘备说："功劳最大的张松却没能得到您的封赏啊。"刘备想，是啊，张松哪儿去了？怎么没来见我呢？这人说："张松已经被他的哥哥出卖，被刘璋处死了。"哥哥怎么能出卖弟弟呢？刘备命人找来张肃。

刘备说："你为了你的荣华富贵，害死了你弟弟全家，未免太无情无义了。"张肃面无惧色，说："我与张松乃兄弟之义，为私；我与刘璋乃君臣之义，为公。我岂能以私废公。"

刘备说："算了算了，以前的事就不谈啦。你愿意跟我共创大业吗？"张肃说："现在我只求速死，并恳请明公将我与张松合葬一处，以此来补偿曾被我舍弃的兄弟之义。"刘备说："你太认真了，跟谁干不是干呢？活着比什么都好啊。"张肃摇摇头，抢前一步，触柱而亡。刘备叹了口气。左右无不落泪。

刘备将他们兄弟合葬一穴，称为"兄弟冢"。

刘备很感动，但他很快把这事忘记了。因为他很忙，西川的一大摊子事需要他去收拾。

更何况，这些死去的人，对他已没有太大的意义。

邹 氏

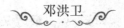

邓洪卫

邹氏是大家闺秀,不仅貌美如花,且精通音律。可谓才貌双绝。那日,她的家里闯进一群乱兵,为首的是张济——董卓帐下四虎之一。紧随其后的,是张济的侄儿张绣。

邹氏正在弹琴,太投入了,以至于张济等人闯进来,她还浑然不觉。张济示意军兵止步,待一曲终了,张济才假模假样地咳嗽了一声。邹氏回头,还未来得及回过神,已经被张济轻轻抱起,缓步出门。

事后,张济也觉得奇怪,这女子在他的怀里,像一只猫,很温顺,一点声响都没有。是不是吓坏了呢? 张济低头,自己差点吓出声来:女子正睁大眼睛,盯着他看呢。看着叔父抱着美女下了楼,张绣吩咐士兵:"你们将琴带走。小心,别磕着碰着。有一点差错,砍掉你们的脑袋。"

将邹氏抱下楼的张济,并没有想到将其纳为己有。他先想起他的侄儿张绣来:"我兄长临终前将此子托付于我,如今已长大成人,尚未婚配。不如将此女许配与他,也算了却一桩心愿。"

到了楼下,张济变了主意:"绣儿还年轻,机会多着呢。不如将她送给董公吧。董公肯定会满意的。"张济甚至看到了董公对他竖起大拇指,称赞道,事儿办得不错,重赏。

邹氏仿佛看穿了他的心思,在他的怀中动了动,问:"我美吗?"张济说:"美。"邹氏说:"你不喜欢我吗?"张济说:"喜欢。"邹氏说:"那又何必将我送与他人呢?"

"我没说把你送给别人啊!"

"可你刚才心里确实是这么想的。"

"我已经收回自己的想法了,好吗?"

邹氏不言。

就这样吧。董公身边美女如云,听说最近又黏上一个貂蝉,每天上朝都是很浓的黑眼圈。夜生活过度,累呀。为了领导的身体着想,我也该吃点苦,受了这女子。再说,我征战半生,也该有个女子相伴了。

正好一个术士迎面走来。他看到张济怀里的邹氏,停住脚步。他对张济身后的张绣说:"将军,刚才那女子有败家之相,不可不防呀。"

张绣拱手:"多谢先生提醒。"

张绣趋步上前,对张济说:"叔叔,刚才那位先生说她有败家之相,不可不防呀。"

张济一愣,旋即笑了。他轻轻地说了一句"腐儒之见",便抱着邹氏,上马而去。当天晚上,张济不顾张绣的再三劝阻,和邹氏成了亲。

就在张济带回邹氏的一个月后,朝中出了大事。王允巧施连环计,吕布倒戈刺了董卓。张济等四名董卓旧部上书请求朝廷赦免,朝廷拒绝了他们。朝廷说,助董卓作恶的是你们四人,别人皆可赦免,唯你们四人不可。

张济等人别无退路,只好接着造反。不久,张济在攻打穰城的战斗中中箭身亡。史书记载:张济引兵入荆州界,攻穰城,为流矢所中而死。

张绣接任了张济的职务,率军占据了宛城。张绣将他的婶娘邹氏安排在一处大院内,并把她的琴送过来。邹氏每天抚琴度日。

那年春天,曹操率兵攻打宛城。张绣听从贾诩的劝告,投了曹操。曹操进城,被安排在驿馆里。这驿馆就在邹氏住处的隔壁。

当天夜里,曹操在张绣的府上大醉而归。恍惚中,有琴声萦绕耳际。

连续三天,皆是如此。

于是,这天夜里,听到琴声的曹操从床上披衣而起,叫来他的侄儿曹安民,说出了一句著名的话:"此城中有妓女否?"

曹安民说:"我们驿馆旁边就有一位美女,但不是妓女,而是张济的遗孀、张绣的婶婶。"

"莫非就是这操琴之人?"

"正是。"

"立即与我取来。还有她的琴。"

很快,邹氏被领来了。曹操看着邹氏,又说出一句著名的话:"我为夫人故,特纳张绣之降,不然灭族矣。"

这是三国时期最虚伪的一句人情话。这话,也只有曹操说得出口。

邹氏说："多谢丞相。"

"别客气，今晚就别走了。过几天，跟我一起回许都，过好日子吧。"

当天夜里，邹氏就留宿驿馆。

三日后，曹操又将邹氏带到城外的军营中。他令大将典韦在外营驻守，自己与邹氏在内营享乐。

张绣知道了，对谋士贾诩说："果然如我们当初设想的那样，现在可以动手了吧。"遂在贾诩的策划下，攻进了曹操的大营。

那时，曹操正沉湎于邹氏的美妙琴声中。帐外的一切异常，他丝毫不觉。幸亏曹安民牵过一匹马来，说："张绣反啦，已攻到营外。"曹操大惊，推开邹氏，翻身上马，飞驰而去。

这一仗，曹操虽然侥幸逃脱，但损失惨重，儿子曹昂、侄儿曹安民，还有大将典韦都死于乱军之中。

张绣得胜回城。有凄怆的乐曲之声从烟雾缭绕的战场上传来，忽高忽低，如梦如幻。他看到他的婶娘邹氏正在遍野的尸首中寂寞地演奏。

张绣沉默良久，在马上悄然取下弓来，一箭射去，琴声戛然而止。

张绣收弓，恨恨地说："这女人害了多少男人哪！"

"将军错了，是男人害了她。"贾诩说，兀自在心里轻轻地叹了一口气。

好大雪

陈 毓

扈三娘,《水浒传》中屈指可数的女人之一。她是个美人,见过她的男人这样描述她:"别的不打紧,唯有一个女儿最英雄,名唤一丈青扈三娘,使两口日月双刀,马上武艺了得……"再看这美三娘的出场:"雾鬓云鬟娇女将,凤头鞋宝镫斜踏。黄金坚甲衬红纱,狮蛮带柳腰端挎。霜刀把雄兵乱砍,玉纤手将猛将生拿。天然美貌海棠花,一丈青当先出马。"再看她的马上武功:"马上相迎,双刀相对,正如风飘玉屑、雪撒琼花。宋江看得眼也花了。"还不够吗?

这个英武了得的女人后来的命运却背离了她的性格,她混迹在有杀亲之仇的莽汉中,甚至当她陷身于一桩滑稽婚姻时,她也哑着,不反抗,连一个冷脸也没给过谁。读书人每每读到这里,总要心生不平。偶然的一夜,却听见一个声音在梦里如此这般地说。

梁山上聚集的那群人,在儒雅的父亲眼里,无疑就是一群强盗。那些外出的庄客偶尔道听途说来的消息加重了父亲心里的反感,作为正经良民,我理解他的情感。他是容不得一个人恃强霸世的,卫国从保家开始,谁让我们住在土匪的鼻子底下呢。

听说梁山上的头目已经有一百多名了,他们的身世成为我们议论的

话题。

我说:"那林冲呢?你说过的,他是不肯同流合污的独孤英雄。"父亲说:"当然,林冲,也就林冲吧。"

听说林冲的名字很久了,知道他叱咤东京的威名,知道他于沧州草料场铺天盖地的大雪中无路可走的窘迫,知道他梁山上不见容于王伦的尴尬。冬去春来,他的事被匆匆忙忙、奔走不歇的庄客们带来,又带到远方去。我的哥哥和我未来的夫君,一遍又一遍地言说,把他的经历流传为故事。

"要是能跟他研习枪法,肯定有趣。"哥哥说。

"听说他傲气得很呢,他不屑的人休想有近他身的机会,远远就让他用枪挑了。"哥哥又说。

我未来的夫君更是异想天开,他深信林冲的枪要是投到天上去,一定能掷中飞翔的大雁。"要是我能跟他相遇,我就邀请他去打猎。他应该是喜欢打猎的,打了野猪我帮他烧烤。"他认真地说。

不知怎的,我们谁都无法把他归于我们的敌人之列,虽然战争在即,犹如箭在弦上。两军对垒时,他的脸上会有寒霜一般的杀气吗?

战事还算顺利,一战二战都以祝家庄的胜利告捷。

梁山第三次攻打祝家庄是在黄昏。

厮杀从黄昏开始,直到如刀的一弯月亮斜挂树梢。马蹄嘚嘚,耳边的厮杀声渐远,我发现我已经跑出了弥漫庄子的血腥包围,那个伏在马背上仓皇狂奔的黑汉才是我的目标,是的,我要擒拿住他,宋江。我听见风在我的宝刀上弹奏出嗡嗡的声响。

我的奔驰止歇于百步之外的那个人的拦截。我看见他站在月光下,月光照耀骏黑的林地,却反衬出他的明亮。

林冲——那个被喊作小张飞的人。张飞怎能与他相比?

他立马横枪,静立在那里,如同被云翳遮蔽的月亮,忧郁却又光华灿烂。

山林一时寂静,连马也停止嘶鸣,只听得见夜的梦呓。我再次听见风在我的宝刀上弹奏出铮然的响声。

他的长枪只一挑，我一阵迷乱，便看见我的双刀柔软如练，幻化成两道白光，弃我而去。我看见我的腰在他的臂弯里，我的脸在他的肩头，在我一生跟他最为贴近的一个瞬间里，我看清他的瘦削的脸，他深邃的眼睛，我看见他低头打量我的脸时，他眼睛里如火把照耀井水的粼粼波光。我闻见他铠甲上有树叶和青草的味道。

我在心里颤抖一声：林冲。

我不知道我命中如墨的黑暗会接踵而来。死了父亲，走了哥哥，那个约定要娶我的公子已先自变成尘土。而那个粗蠢的手下败将却被宋江送了人情，让他变成了我的夫君。世界恍如一张巨人的滑稽的笑脸。

那是我记忆中最寒冷的一个冬天，我手中的宝刀，看见眼泪如夏天的雨点落在刀刃上，溅出蓝色的火焰。"卿本佳人，奈何从贼？"我的宝刀在说话。

我和我的宝刀相视而笑，我感觉它温暖地抚慰在我的脖颈上。我听见风呼啸而过，我闻见记忆中树叶和青草的味道。林冲站在眼前。

我看见他被严霜封冻的瘦削的脸，他眼睛里灰一般寂灭的哀痛。我听见他肺腑深处的叹息声。

大雪从天而降，落在两人之间。咫尺天涯，我们是两棵永远无法靠近的树。

梁山上的日子是粗糙、苍白的，我像那个隐忍的人一样深怀心思，如独花寂寞开放。北上南下，急急的征尘中，我是他们眼里那个能征惯战的"哑美人"扈三娘。我想我总有一天是要死的，假如能死在与他一起的征战中就是上天的恩宠了。

这一天总算来了，不迟不早，在它该来的时候来了。

这一天华丽盛大，如同我的节日。

看看我的出场，你就会明白我的心思："玉雪肌肤，芙蓉模样，有天然标格。金铠辉煌鳞甲动，银渗红罗抹额。玉手纤纤，双持宝刀，恁英雄煊赫。

眼流秋波,万种妖娆堪摘。"

因为节日,就当以节日对待。让鲜血开成花朵。

我在飞翔,恍如多年前。我看见我的眼前银光四射,在赴死的一瞬,我看见头顶阔大无边蔚蓝的天空上,只有如花瓣的雪花纷纷而下,携带着树叶和青草的迷人气息。

好大的雪!我听见自己情不自禁的感叹声。

一场稀世的大雪消灭了世界的界限。万物的踪迹,只剩下一片白茫茫,大地真干净。

好大的雪!我听见我的声音和他的声音合在一起,不分彼此。

桃花笺

陈　毓

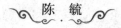

从小，我就被视为天才。我显露天才的端倪是在我八岁那年，以唱和父亲的一个句子开始：庭除一古桐，耸干入云中。

父亲沧桑的声音后面，追随着我八岁的清泠泠的童稚之音：枝迎南北鸟，叶送往来风。

与父亲同僚们交口称赞的热闹场面对应的，是我父亲的沉默。母亲说，我的才华令父亲忧心忡忡，父亲在我脱口而出的句子里，隐约看见我玄机暗藏的命运。

父亲去世那年我十四岁。十四岁的世界里只剩下母亲、我，以及我的才华。

才华是能当饭的。我把我的才华兑换成沉甸甸的银子，养活自己，养活母亲。

诗词歌赋，琴棋书画。我的双手十指纤纤，它抚琴，掷棋，写字，画画。遇见我的男人赞叹我的手，会爱拥有这双手的人。我的身体是公共的。我不曾爱上男人。这是命运对我的戕害。

我四十二岁那年遇见了元稹。因为在长安时就多次听说过我的诗名，等他于唐宪宗元和四年春天奉命出使蜀地时，就在很多场合表达了渴望见

我的心思。这位帅气俊朗的青年目光忧郁，内心骄傲，他的诗名和他的风流一样闻名遐迩。他几番周折终于见到了我，短暂的见面又分手后，他寄来一首诗，令我看见他来自内心的赞赏和爱意。我们就是这样的两个人，凭借对方的气味甄别对方，识辨自己。

考量自己的内心，这个小我很多的男人并不令我觉得有隔膜。他八岁那年失去父亲，靠慈爱的母亲辛苦养大。这个看上去骄傲坚强的人内心无比脆弱，我能看见他心里的荒寒。

爱情使人强大又娇小。我感觉自己如一棵风中的树，我看见自己的每一根枝条都在舞动，听见叶子在齐声合唱。

我发现我竟然会做梦了，爱做梦了。月下吟花，雨朝题柳，我看见自己字字珠玑，每一个句子的源处都是自己的内心。

当我看见这个男人是冰的时候，我感觉自己就幻化出蓝色火焰；可我分明又觉得自己是冰，在这个男人近前时还原成最本质的水。

菖蒲花开啊开啊，让我的世界弥漫花朵吉祥福瑞的香气……

我也看见这个男人，他深藏于词语的繁复花瓣中的心，那其中的深情，我看见他时我就看见了我自己。这个小我十一岁的男人，他唤醒我作为女人之于男人的全部情感，我像是他的母亲、姐姐、妹妹……

词赋为媒，那些写在红笺上的心思洁净美好，仿佛重生，犹如再世。"老大不能收拾得，于君开似好男儿。"我们都极明白对方。那是一段快乐的时光，一段看得见日常生活之美的日月。

一次偶然的机会，我发现乐山的胭脂木浸泡捣拌成浆后，加上云母粉，渗入玉津井的水，就能制成粉红色的纸，纸面上呈现不规则的松花纹路，清雅别致，让人欢喜。等待纸生出来的过程好像变魔术，我神情专注地做着这些。我把写给元稹的诗句誊写在纸上，制成诗笺。元稹看着这些，直感叹我是这个世界上独一无二的女人。他把那些纸笺称为桃花笺。

也有黯然忽上心间，那是跟元稹的分别。命运之神重弹它的老调：枝迎南北鸟,叶送往来风。

就算看透了生命的没有意义,我也要找出活着的理由,我用华丽和明亮掩藏心中黯淡的底色,使自己活下去。我越来越热衷于制造那些华丽芬芳的纸,一如看见爱情突然降临心间。

元稹走的时候是二月,门前的菖蒲刚刚冒出新叶,那是我们都喜欢的植物。眼下,物是人非,我只能把我的感怀

写在诗笺上,寄赠宦海上的远路人,我说:

扰弱新蒲叶又齐,春深花发塞前溪。

知君未转秦关骑,月照千门掩袖啼。

我还说:

芙蓉新落蜀山秋,锦字开缄到是愁。

闺阁不知戎马事,月高还上望夫楼。

我听见时间的脚步响在它自己的风霜雨雪之中,无视人的心思。

又一年,元稹在江陵贬所纳妾。得到消息的那个早上,我听见自己心中一根细细的线,发出砰然的断裂声。我看见父亲怆然的一个转身,听见他留在我叵测命运里的一声叹息,如风一般吹过,只剩下耳根如斯的寂静。在这样的寂静里,我的锦儿,她跑进来兴奋地喊:又一池胭脂木就要变成美丽的桃花笺了!

文 人

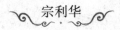

宗利华

论起来，嵇康、阮籍和钟会都是文学圈的人。

但前两位都有点瞧不起后一位。他算只什么鸟？简直糟蹋文字。这个贵公子，写诗，不过是他走仕途的手法。但一开始，钟会这人还算谦虚。有作品，就想请大腕指点。可大腕都不好接近。阮籍喜欢装聋作哑，说话模棱两可，让人难把其脉。而嵇康，平素只给他眼白观摩。钟会写了《四本论》，想拿给嵇康斧正，到他家门外，老觉得腿肚子哆嗦。于是，隔着墙，给他扔进去。嵇康拾起来，顺手就丢进茅坑。

至于嵇阮二位"竹林七贤"老大级人物，互相倒还钦佩。嵇康就曾晃着脑袋感叹："阮籍这老家伙，从不说别人缺点。我想学都学不来！"

他的确学不来。他这人，骨头比铁还硬。而阮籍办事，就灵活多啦！

比如，大将军司马昭分别露出请他俩出山的意思，无非想聘个文化名流给自己脸上贴金。

司马昭什么东西啊？他篡夺曹氏政权之心，路人皆知。

两人都不想理他。

阮籍的做法是，装疯卖傻。他每天都泡在酒楼。偶尔，还揽过老板娘来，讲些荤话。那一次，嗬，更猛！脱得一丝不挂，在一间空屋子里，仰躺成一个"大"字,给观众表演行为艺术!他还振振有词:"我以天地为房舍,以屋宇为衣服,你们干吗钻我内裤?"

对他这举动,司马昭先笑,后骂:"文人,都他妈有病!"

可嵇康就不同。

司马昭知道这人嘴硬牙更硬,先托嵇康的朋友山巨源去做思想工作。

山巨源一进门,就瞧见嵇康光着膀子,在院子里那棵歪脖子柳树下,打铁。

名人锻炼身体,都与众不同。

嵇康本来就"萧萧肃肃,爽朗清举",肌肉又像练过健美,加之文采斐然,精通音律,难怪曹操的曾孙女看他第一眼,就想扑进他怀里撒娇。

嵇康明白好友来意,当下就拉长老脸。次日,写封长长的绝交信,打发人送给山巨源。把司马昭和老朋友,一并给得罪了。

司马昭气得咬牙。司马昭就想,早晚,让你死在我手!

看来,纯文人,不屑于搞政治。

但文人里头,也有天生钻营仕途的。

没想到,那钟会三拐两拐,成了司马昭的心腹谋士。钟会成谋士之后,却开始谋算嵇康。因为,嵇康也曾彻底得罪过他。

钟会约好一帮子文学青年去拜会嵇康。那家伙抡着大锤,挥汗如雨。嵇康的好友向秀,俯首拉风箱,满脸是灰。俩人一边忙活,一边有说有笑。一帮子文人傻乎乎围一圈,看了老半天。那两位却旁若无人。钟会的脸色青一阵白一阵,怏怏而走。嵇康这时才问:"何所闻而来,何所见而去?"钟会站到门口,并不回头,狠狠地说:"闻所闻而来,见所见而去!"

你看,钟会这人,也还不是彻底的半吊子。

但嵇康算是彻底把钟会惹恼了。

文人算计文人,向来不择手段。

这简直是怪事儿!

新语·飞过历史天空的鸟

钟会就去对司马昭说："嵇康这人，卧龙也。不可用。"

司马昭眨巴眨巴眼睛，没说话。心想，这我还不清楚？不说别的，冲他是曹家门上的女婿，我就不能容他！

但历史上任何政客要拿文化名人开刀，都要掂量，都要谋划。

譬如，司马迁得罪刘彻，也没掉脑袋，却让人把裆内物品切了去。白脸曹操杀文人手段更巧妙，文学愤青祢衡惹他生气，他玩个借刀杀人。孔融、崔琰、杨修也被他相继灭得有理有据。

司马昭终于等到机会。

嵇康的朋友吕安犯事，被关进大狱，把嵇康扯了进去。钟会听说消息，一路响屁跑到司马昭面前，说："不诛康，无以清洁王道。"

这句话，直接把嵇康送上了断头台。

杀嵇康、吕安那天，洛阳城内人声鼎沸，三千太学生联名上书，要求不杀嵇康。

自然，被驳回。

吕安跪在那里，以头撞枷，撞出鲜血："我死不足惜，可连累嵇兄，让我如何能安心九泉？"嵇康却仰面看天，哈哈大笑。正午的阳光，火辣辣地照在他脸上。

嵇康说："没你这事，我照样得死。"

嵇康喊："为我取琴来！"

不一会儿，有人递一古琴上来。嵇康探手抚琴，头再次缓缓抬起，眯眼睛去看太阳。再低下，双目已紧闭。蓦地一下，一个琴音径直弹入每个人的耳孔！偌大一个东市，除却琴音，不闻一丝杂声。

——是他精熟的《广陵散》！

那刽子手怀中抱刀，眼神渐渐晦暗。一线刀锋，微微抖颤。

音律突然加快，似乎夹杂刀枪铁马。每个人眼里，有厮杀，有鲜血，有仇恨，有火焰。音律戛然而止！嵇康十根手指顿住，却见血线溅出，连同几丝绷断琴弦,缠缠绕绕,在阳光下,灿然飞舞!

嵇康仰着头,挺直脖子,叹道:"《广陵散》,如今绝矣!"

遥远的大殿里,司马昭浑身震颤一下,眉头紧锁。他打量一眼钟会,钟会也在看他。钟会从他眼里,看出悔意。

那天晚上,五十三岁的阮籍再次喝得找不着北。不久,阮籍病逝。

又过几年,钟会也被司马昭杀掉。

司马昭背着手,自言自语:"你他妈太阴险啦,还想超过我吗?"

飞过历史天空的鸟

纪东方

给我安上一双翅膀，我就是一只鸟，我就能飞到长安飞到唐朝去。

长安城的上空，盘旋着两股气，一青一白。青色的一股我知道，是酒气；白色的一股我也知道，是诗气。气色最旺的地方，是一座三层酒楼，叫"醉太白"。酒楼在大街的最繁华处，位置特别显眼，生意也特别兴旺，奇怪的是它的匾额写的不是醉太白，而是"推敲"。谁也不知道是什么意思。

我居住在"醉太白"三层楼的楼檐之上，没事的时候，我就研究酒客和酒气。一层是俗客，贩夫走卒、贩席织履、引车卖浆之流，是谓俗浊之气。二楼是普客，士子富贾，略有余金者，每遇喜事，呼朋唤友，大快朵颐，一掷千金，是谓酒浊之气。三楼是显客，文坛耆宿，迁客骚人，醉翁之意不在酒，把酒临风，吟诗赋句，借酒抒怀，是谓雅翰之气。四周楼壁题满了诗句，或五言或七言。诗气或刚硬或柔和，盘旋萦绕直冲云霄。

我最初的落脚点是城东的一座庙，因为唐王尊佛，虽然出家人不多，香火倒也旺盛。庙后厢房后门有一个五亩大小的池塘，池塘边大树参天，池塘里开满了荷花。因为景致好，庙里免费提供食宿，每到科考之年，吸引了众多贫寒子弟居住。

这天晚上，月白风清，我忙碌了一天，回到池塘边的大树下准备睡觉。

庙堂打过三更，池塘里蛙虫也睡了，荷花也睡了，四周静出月光落地的声音来。这时，路上传来轻轻的脚步声，一个沙弥外出回来，来到门前伸手欲敲，手到半途，却想起什么似的停住了。

正迟疑间，塘边亭子间传来一声吟哦："妙哉，妙哉，鸟宿池边树，僧推月下门。"

我探头一看，原来是一名书生独坐赏月，见此景吟出一句诗来，把我吓了一跳，哇地叫了一声。

和尚也吓了一跳，合掌曰："施主，非也，非也，小僧欲敲非敲，欲推非推。非推非敲，何言敲也？"

书生摇头晃脑："此言差矣！推者音沉，敲者声噪，与上文'鸟宿'意境不合，再者推为门未闭，敲为门已关，与情实相悖也。"

和尚刚要争辩，西厢房有人说话了："明日京兆尹韩大人为太白酒楼开张周年贺喜，大人是当今文坛领袖，何不请他评判？"

大人？书生不出声了。我看见书生拍了一下自己的脑袋。

第二天，书生骑着他的瘦驴，在长安街上闲逛，一边走一边比比画画，苦思冥想的样子。

一阵锣声响起："京兆尹大人驾到！"

前面人群纷纷让路，书生似乎没有听见，不理不睬，骑驴直冲人群，径直闯到了大人的八抬大轿前。

瘦驴被大人的随从喝住，书生还兀自摇头晃脑，双手比比画画，嘴里嘟嘟哝哝。

衙役七手八脚把书生拉倒跪在轿前。

大人难得好兴致，也许见是读书人，居然下轿亲自把书生扶了起来。

书生慌忙施礼，一脸诚惶诚恐。

"学生实在不知大人驾到，冒昧惊驾，望乞恕罪。"

大人矜持地笑笑，手执书生衣袍，摇摇头道："不怪，不怪。"

"学生昨日苦思得一句：鸟宿池边树，僧推月下门。寺僧曰'推'不如'敲'。学生适才正在苦想字句，不意冲撞了大人。"

"鸟——宿——池——边——树，僧——推——月——下——门？"

"正是，敢请大人评判，是推还是敲？"

"哦，好句。好。推——敲。"

韩大人是文坛的泰山北斗，在朝廷身居重位，更是一言九鼎。天下读书人无不以得大人一字考评为荣。一介贫寒书生能得到大人的如此考评，恰如一步登天，从此步入上流社会，前程不可限量。

大人正在沉思，随从过来轻声提醒："大人，酒楼那边还等大人呢。"

大人点点头，说："好。"然后转向书生说："你且随后。"

书生大喜过望，牵驴跟在队伍后面。

一群人前呼后拥来到酒楼前面。

酒楼人群鼎沸，观者如堵，只是牌匾空白没有题字。

店主拿来上好的笔墨："请大人挥墨。"

大人看了一眼人群中的书生，略一沉思，欣然挥毫，两个大字跃然纸上：推敲。

我在楼上喊了一声："好！"

包公之死

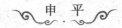

申 平

北宋嘉祐七年,病中的包公知道自己命不久矣,想到自己还有一桩心事未了,就把自己的儿子唤到床前。

"你去,把我这封信拿到猫王庙烧掉。包公说。"

"烧这个干什么? 我不去。"儿子说。儿子从小就不听包公的话。

"你爹我就要死了,你还如此顽劣。去吧,算我求你了。"

烧信的当夜,包公在梦中来到深山老林,见到了身着华丽服装、有若干美丽女猫陪伴的猫王。看见包公,它只是欠了欠身子,就算是打招呼了。"猫,我就要走了,今天是特意来给你道歉的。我让你在凡间待了这么多年。"包公说。

猫慵懒地动了动身子,笑了一下说:"黑子,不必了。其实我现在已经不恨你了。你看我现在的生活,不知道要比在天上当神仙好过多少倍呢。"

包公抬眼打量猫王的豪华住所,说了一句:"怪不得呢!"

包公和猫,原本都在天庭当神仙。后来包公被派往凡间做官,成了万人敬仰的包青天。那年京城发生鼠患,包公梦返天庭,求玉帝批准,借猫到人间灭鼠。一场猫鼠大战过后,老鼠转入地下。这时猫返天庭的时辰已到,猫要走,包公却不肯送,结果猫就回不去了。猫从此和包公恩断义绝,连它的

后代儿孙睡觉时都在骂:当送不送,包公杂种……

"你要是没有别的事,就请回吧,我很忙。祝你一路走好。"猫说着,竟然搂住一个贴上来的女猫亲吻起来。包公皱了一下眉头说:"猫啊,我记得你以前也是有远大理想和抱负的啊!我今天来还有一个心愿,就是我死以后,灵魂应该可以升天。如果你愿意,我还可把你重新带回天庭。"

"别,千万别!"猫一听赶紧跳起来,"我不是跟你说了吗?我不想再回天庭了。"

"我建议你还是回去,回去以后才有建功立业的机会!"

"我不要你管,你给我走,走!"猫大吼大叫起来。

包公打了个冷战,在床上醒了过来。想着刚才的梦境,他的心颤抖不已。"看来猫在凡间真的是彻底堕落了。我一定要把它带走。"包公喃喃地说。

包公的病势越发严重。他的灵魂已经开始向天国飞升,他已经隐约听到了天庭传来的阵阵仙乐之声。回光返照的时候,他嘱咐儿子为他做两件事:第一,三十日内要亲自护送他的遗体回安徽老家安葬;第二,要扎一个大大的纸猫,在他下葬时烧掉。看在爹马上要死的分上,儿子点头答应了。

包公入殓前,遗体停在灵堂供人吊唁,来人络绎不绝。这天夜里,竟有一只硕大的黑猫也进了灵堂,趴在包公灵前哀哀嘶鸣。本来死人就让人恐惧,再伴以猫叫,更让人毛骨悚然,立时把守灵的包公之子吓得屁滚尿流。最恐怖的事情还在后头,那猫竟然开口说起人话来。

"你不必害怕,我是你父亲生前的好友。我是特意为你父亲的后事而来的。"

"哎呀,是神猫!我好像听父亲说起过您……"

"我现在已经不是什么神猫了——这都是你父亲的功劳。好了,既然他已经去世,我们就不要责怪他了。你父亲死前对你都有什么交代?"

听包公之子说完,猫冷笑起来:"包黑子,不,你爹他为自己那所谓清官的名声,真的是置亲情于不顾啊!你家就要大祸临头了。"

包公之子急忙跪下:"请神猫指点。"

猫说:"很简单,如果你在三十日内就送他回老家,他就会把你家所有的福气都带走。让你烧猫,知道是什么意思吗?烧猫就是烧没的意思,就是要把你家的一切统统烧掉。这样他的名声会更好,而你们都将成为一无所有的穷光蛋!"

"啊!不能吧?我爹他怎么会……"

"哼,他怎么不会!为了他自己的名声他什么不敢干?"

"这倒也是……那怎么办?请神猫指点。"

"也很简单。你要把他的灵枢打上三道铁箍,沉入水底放三十天以上,再行安葬。尤其是那个猫,你绝对不能烧。记住没有?"

七天以后,包公之子竟真的将父亲的棺木打上铁箍沉入水底。可怜包公的魂灵在棺内左奔右突,无法升天。

那些天,开封城每天都下大雨,天仿佛在哭。夜深人静的时候,人们还能听见得意的猫叫。

巢　谷

申·平

巢谷打定主意，要徒步去岭南看望苏氏兄弟。眉山人都以为这老头儿疯了。

在眉山人的眼中，巢谷本来就是个蠢人。他年轻时进京赶考，结果在路边看到了练武的，他就去跟人家练武，把考试的事情抛到脑后去了。及至练武有成，又无用武之地，只好跑到边疆去投军。好不容易有一个叫韩存宝的将军赏识他，让他做个幕僚，没想到韩存宝很快获罪。韩存宝被捕前，托他把一笔银钱带给妻儿，他就冒着风险去了。费了很大周折才找到人家，结果他自己却成了乞丐，一路要饭才得以回到眉山。如今他都七十多岁了，还要靠教书为生。现在谁都知道苏氏兄弟遭贬，避之犹恐不及，但这老头儿却说要去看望他们，这不是自找倒霉吗！

就有乡人来劝巢谷。他们看见巢谷的老伴儿正在家里伤心地哭，但是巢谷不理，照样收拾东西。他还训斥老伴儿："哭什么哭，谁都不相信我能走到岭南，我就是要走给他们看看！苏氏兄弟正在受难，家乡没个人去看他们怎么行呢？人为什么要那么势利呢？"

乡邻听他这么说，都转身走了。

第二天，巢谷还真的就上路了。他在明朗的天光之中步伐坚定地向前走去,那股勇往直前的劲头,任十头老牛也拉不回来。

巢谷走在路上,才知跋涉的艰难。由四川到岭南,真是万里迢迢。他的两只脚很快起泡、溃烂,每走一步都钻心地痛。但是巢谷仍然咬着牙往前走,一点没有回头的意思。

巢谷往前走着,他找到了一种解除寂寞和痛苦的办法,那就是默念东坡和苏辙的诗词。特别是东坡那首《水调歌头·明月几时有》,巢谷每天都要念上几遍。他一路上都在叹息,东坡为什么会这么有才呢?自己小时经常和苏氏兄弟俩一起玩,而且还比他们大几岁,可是为什么就不能写出这样的美词佳句呢?他在心里已经计划好了,见了苏氏兄弟,一定要向他们请教,而且一定要求他们兄弟俩为自己写上一首诗或词。那样,就是累死也不枉此行了。

巢谷晓行夜宿,翻山越岭,终于来到了岭南地面。这天他住在了梅州城。此时的巢谷衣衫褴褛,蓬头垢面,双腿水肿。巢谷决定休整一下,也好体面一些去见他日思夜想的人。为让对方也有个心理准备,巢谷分别给东坡和苏辙发了信,他在信中说:"我万里步行见公,不日必见,死无恨矣!"

身在循州的苏辙立刻复信,盛赞巢谷:"尔非今世人,古之人也!"苏辙还告诉巢谷,他的哥哥东坡又被朝廷贬去海南了。

巢谷和苏辙见面的场面至今还定格在循州的山水之间,他们相拥而泣,同床而眠,有说不完的心里话。

巢谷在苏辙家住了一个多月,这天他说:"我该走了。"

苏辙还以为他要返回眉山,张罗着给他带的东西,没想到巢谷却说:"我是要去海南的呀!没见到东坡,我怎么能回去啊!"

苏辙惊讶地打量着他,见他体弱多病,老态龙钟,就劝阻他说:"去海南路途更险,你还是别去了吧。"

巢谷却说:"我意已决,请不要再劝我。"

苏辙无奈,只得又给了他一些钱做盘缠。

巢谷告别苏辙，再次迎着晨光向南走去。他的背已经驼了，脚有点跛，但他却高昂着头颅往前走。苏辙凝望着他的背影，泪水不由打湿了衣襟。

现在，巢谷不停地念叨着一句话："我一定要见到东坡，一定要见到那个我最崇敬的人。"

但是，当巢谷走到新会的时候，却被一个该死的小偷偷走了盘缠。巢谷一急，就病倒了。有病又无钱治，加之年事已高，巢谷奄奄一息。巢谷在弥留之际，不停地念着东坡和苏辙的名字。他死后，有人通知了苏辙。苏辙大哭，为其作《巢谷传》。

身在海南儋州的苏东坡，这天夜里做了一个怪梦，他梦见故人巢谷渡海而来，与他彻夜长谈。东坡醒来，犹自唏嘘不已。

章 惇

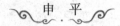

申·平

章惇和东坡在青年时代是好朋友。

东坡出任的第一个官,是陕西凤翔县的签判,章惇时任商州令。两地相隔不远,两个有才华的人互相倾慕,就经常凑在一起把酒赋诗,谈古论今。有时候,他们还一起出游。

章惇才气不如东坡,胆子却比东坡大得多。这天,他们骑马来到一处绝壁之下。但见壁前有涧,深不见底,涧上有一圆木横陈。

章惇看了东坡一眼,言道:"子瞻,可敢由此过去,在那绝壁之处题几个字?"

东坡探头看看深涧,头皮发麻,连连摆手。

却听章惇说了一声:"看我的!"

说着人已站到了圆木之上。他张开两臂,保持着身体的平衡,三步两步,已经身在绝壁之下。

他弯腰捡起一块白石,龙飞凤舞地写下一行大字:"章惇苏轼到此一游。"

写完,拍拍手,又踩着圆木走了回来。

这时却见东坡的脸已经吓白了,不由叹道:"子厚真好大胆,你日后必敢

杀人也!"

章惇笑道:"何以见得?"

东坡说:"你连自己的性命都不在乎,当然可以去杀别人了。"

章惇又是一笑:"算你说对了,谁敢跟我过不去,我就要杀谁。"

东坡听了,忍不住打了个冷战。他无论如何也不会想到,章惇日后最想杀的人,就是他苏东坡。

东坡后来想疼了脑袋,也想不出自己到底什么地方得罪了章惇,使他对自己必欲置之死地而后快。他曾对朝云说:"不对呀,我遭遇乌台诗案的时候,子厚还曾为我仗义执言,当众臭骂了宰相王珪呢。我一直都很尊重他,他的儿子章援,还是我当主考官时取的第一名呢。他怎么说翻脸就翻脸呢?"

朝云说:"这还用说吗?你们这些文人哪,就两个字:嫉妒!"

还真被朝云给说着了,章惇整治东坡,就是因为东坡总是比他强。

写诗填词就不用说了。

章惇后来想在书法上压过东坡,他闭门苦练。

几年后他自封"墨禅",曾临《兰亭序》一本显摆。

别人都说好,唯有东坡颇不以为然,说:"临摹的东西毕竟不是自己的东西,章惇老七是高不了啦。"

这话对章惇打击很大,从此不再练书法。

章惇又想,我舞文弄墨比不过你,官比你做得大也成,本来我当商州令时,你才是一个小小的签判嘛。

可是东坡官职一度直线上升,直至成为当朝三品,可以和王安石、司马光平起平坐,而他章惇呢,却一直进入不了权力核心。这使章惇心里总是憋着一口气。

绍圣元年,章惇终于当上了宰相。他在心里笑道:"苏东坡,这回我可要跟你玩玩了。"

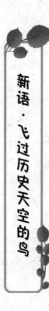

章惇在小皇帝宋哲宗面前大讲东坡坏话，一鼓作气把他从三品贬到无品，而且一直把他贬去岭南。宋代不杀大臣，贬去岭南是最严酷的惩罚，十之八九是回不来的。

章惇曾对人笑曰："苏轼那厮不总说他代表老百姓吗？那好，就让他去蛮荒之地和老百姓在一起好了。"

章惇身在朝中，每天喝着美酒，伴着美女，可是他还是有点不放心。他知道，只要东坡不死，就随时有翻身的可能，所以必须让他死。

章惇想了许多招数，其中一条是借刀杀人。他打听到苏家和程家有仇，就派程正辅去广南道任提刑官，并暗示正辅如干掉东坡，可再升迁。但他没想到程正辅毕竟是东坡的表哥，血浓于水，经东坡主动化解，程正辅反倒成了东坡的保护伞，气得章惇差点吐血。

且说东坡在岭南惠州虽痛失爱妾朝云，但终于站稳了脚跟，在这里盖了房子，准备终老惠州。

这天他的心情不错，又写了一首诗，其中有"报道先生春睡美，道人轻打五更钟"之句。

有密探将此诗呈给章惇，章惇又气得跌一跟头，说："苏东坡活得还挺快活啊！"

一道令又把他贬去了海南儋州——那个被称为"天涯海角"的地方。

章惇的意思就是让那里的恶劣气候赶快把东坡杀了算了。

但是东坡就是不死，章惇自己却很快得意到头了。

徽宗即位，一道令也把章惇贬去岭南雷州，而此时东坡正奉诏北还呢。

东坡又回来了！回来的东坡肯定要在朝中担当重任。

章惇的儿子怕东坡报复其父，写信求情。

东坡回信，反而感念他与章惇的友谊。

章惇知道了这件事，羞愧不已。临死，他对儿子说："老东坡，吾永不及也。"

红 豆

陈 敏

我是秦淮八绝中最具才华的女子，却过早地在青楼上寂寞憔悴。我叫柳如是。

在无数个忧伤的夜里，我只能对着月亮，或者没有星星的天空，用文字抒发我深藏在内心的真情，安抚一颗破碎扭曲的心。

我同样是一个阅尽人间悲苦、饱经飘零的女子。男人们追逐我，只是想从我这里得到一时的欢娱，然后长衫一甩，人去楼空，把一股污浊之气留在空中。我成了白龙潭边上的一个寂寞常客，我经常在月圆之夜，来到月亮潭清洗男人留在我身体上的污垢。

我就在这样一个月圆之夜邂逅了我生命中第一个真正的男人。他叫陈子龙。他像一股强劲的风拂过我荒芜的心头，种下一颗常青的种子。

莫非月亮潭上还有个孤寂的灵魂？我在朦胧中看到了一个遥远的光环。只需片刻，我便认定他就是我等待已久的人。我毫不客气地接受了他的风流，他也毫不客气地接受了我的柔情。

我们在月亮潭上日日重逢，成了月亮潭中的一对恩爱鸳鸯，岸边的小阁楼成了我俩栖息的爱巢。

　　子龙的才华让我一点一点地看出了自己的肤浅。我经常在他还没有起床前,拿起他前一夜里写的诗稿,轻手轻脚地走出房门,来到园子里高声朗读。我和子龙白天吟诗,晚上下棋。我们对着月亮饮酒,我们望着星星唱歌。子龙还用他的传家宝把我赎出青楼。

　　那个春天很早就来了。花木们都开始做起了春梦。我也依偎在子龙的怀里春眠。叶尖上滴下的晨露打湿了我的秀发,一股春寒突然向我袭来。我还没来得及睁开眼睛,子龙就被绑走了。绑走子龙的是他的族人,子龙的族人把我骂了个遍,说我污浊的身子玷污了子龙的一世清名。

　　我也在同一时间落入了一个名叫钱横的人手里。

　　那天夜里,银波千顷的湖面突然灰暗一片,像从什么地方来了一只硕大的鸟,以它沉重的翅膀遮挡了青烟似的月光。没有风,但湖水很不平静。我被钱横装进了他的船,他的船就像浮在湖面上的巨鹅,曲项向天。

钱横的肚子高高地挺着,像座小山,浑身上下长着黑黑的毛,让人恐惧。钱横每夜都会把目光久久地落在我身上,问我为何这样美、这样媚。可他能做到的只是把我嫩如小葱的手拉到他毛茸茸的胸前,发出阵阵狂笑,全身肌肉都在笑声里震颤。钱横虚弱的身体只允许他做到如此这般。

我天天夜里躺在钱横的肚皮上想念我的子龙。

钱横终于蹬腿西归了。我大喜过望,连夜驾起一叶小舟去寻我的子龙。我踏破绣鞋,望穿秋水,我坐在我们曾坐过的那棵古老的银杏树根上祈求苍天……

曹植当年在洛水上追赶宓妃的画面出现在我眼前,他的痛苦传染给了我,子龙就是我追恋的洛神啊。

无数天过后,我终于站到了陈府门前。那道门突然化作了一条河,把我隔到了遥远的岸边。隔着梦幻般的河水遥看陈府大门,大门像张开的虎口,再也走不出我的子龙。

我用尽生命中最后一点余力爬上了红豆岭,那里有子龙和我栽下的一棵红豆树。我把我的生命交给了红豆树上垂下来的那根细细的麻绳。

听说那一年,红豆岭上的红豆树第一次开花,还结出了一颗美丽硕大的红豆。

苏武的北海

陈　敏

　　苏武在匈奴人的帐篷内睁开眼睛的时候,才知道自己夺刀自刎未遂。他看见帐内帐外除了毛茸茸的羊群外,几乎一个人影也看不见。

　　羊又胖又乖,发出温顺的叫声。

　　他走出毡房,四周静默。大漠黄昏来临时就是那个样子,如同死亡一样寂静。他依然看不见人的踪影,这意味着黑夜即将降临。

　　远处影影绰绰有一些绿色的小灯笼晃动着,在一点一点地朝他的毡房靠近。苏武知道那是胡狼的眼睛在黑夜中闪光。

　　羊群不停地往毡房靠近,很快挤成密密的一团。他把羊群赶进毡房,抓起一把铁叉,等着胡狼的临近。

　　铁叉捅在胡狼身上,听着狼临死前的哀号挺过瘾。胡狼来得正是时候,恰好填补了他进入胡地的寂寞。胡狼实在太多,赶走了,又来了,杀不尽也赶不退。他几乎和胡狼对峙了一整夜。

　　天亮时,狼群退了。他出门查看,被他叉死的胡狼有十来只。他惊喜了一阵子,同时更让他惊喜的是有好几只母羊竟然在他的毡房里产下了小羊羔。

　　苏武觉得生活一下子有趣了。他把刚刚出生的小羊羔抱在怀里。羊温

暖着他,他也温暖着羊,心想,为了这些羊,他也应该活下去。

夏天到了,羊繁殖生长得很快。大点的和肥点的羊,多数被匈奴的驼队带回遥远的胡人集中地,留下一些小羊,让他继续放牧。

苏武带着小羊们向水草丰美的北海(今贝加尔湖)迁徙。

北海很大,蔚蓝得像天空,清澈得像宝石,一眼望不到尽头。大雁、灰鹤、鹧鸪和不知名的野鸟成群飞来,在北海四周栖息产卵。

北海里的鱼大而肥美,鱼群稠密得见人都不会躲避。一些狼和狐狸都等在岸边,面朝北海,张大嘴巴,那些太过肥胖的鱼竟会自觉地跳进它们嘴里。沙滩上、草丛里,遍地都是鸟蛋,随便捡一些,炒着吃,味道不知有多么鲜美!绿油油的草甸一望无际,各色花儿竞相开放。

秋天的时候,匈奴王单于狩猎北海,见此处地域辽阔,奇禽异兽竞相出没,不胜欢心。他与苏武一见如故,频频造访和召见,还跟苏武学识汉字、说汉话、习汉礼与对弈。如是三载,苏武竟留滞北海。

匈奴王单于在北海期间还派士兵为他修缮毡房。不仅如此,冬天到来的时候,他还派人送来了两位胡地美女,说是送给苏武暖脚用。那两个女人名正言顺地成了苏武的妻子。她们温柔体贴,挤奶,煮饭。苏武有掉进温柔之乡的感觉,跟着两个妻子学会了着胡服、讲胡语。他们一同放牧,还弹着马头琴,唱着匈奴民歌,跳着奔放的舞蹈。反正天高皇帝远,他们无拘无束地生活着。后来,他们生下了一儿一女,生活中不再有漫漫长夜,也不必凝望着惨淡星斗,掐指头算着苦苦煎熬的日子。

苏武也正是在这期间对羊的繁殖产生了兴趣。曾经,匈奴王亲口告诉他,等到他养的公羊产了崽,就放他回汉朝。他是个不服输的人,也就是从那时开始,苏武异想天开地着手实验"公羊"产崽。他经过九次实验,培养出的母羊已经长出了两寸长的角。他估摸着,不出五年,他的盘角"公羊"将会产下羊羔来……

不过,据说,那些将要产崽的"公羊"被胡女生下的儿子一箭射死了。苏武伤心了一阵子，又开始着手育养新一批能产崽的"公羊"。

汉昭帝派出的寻访使团想尽千方百计，从匈奴人的嘴里套出了苏武还活着的消息。他们回来一五一十地向汉昭帝报告了苏武在匈奴的全部生活。

汉昭帝仔细听完他们的汇报，如同听梦。突然，他一阵哈哈大笑，笑毕，把捂着肚皮的双手往案几上狠狠一拍，说："莫非苏武过得比朕还自在不成？赶快把苏武给朕召回来！"

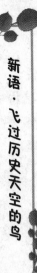

蓼花吟

蔡 楠

我随何承矩一到雄州，就被白洋淀的蓼花迷住了。

那是一种小巧而不张扬的花，茎叶纤细，花苞艳丽，成片成片地开在淀水里，开在洲岛上，开在北国的秋风里。碧水，蒲草，芦花，被它晕染出灼灼的嫣红。如果不是契丹人的战火，恐怕连雄州城和瓦桥关都迷离在它无边的花影之中了。

何承矩也迷蓼花。他是雄州知州，更是诗人。所以他到雄州不久，就召集州县所属官员和当地文人，大张旗鼓地到白洋淀观赏蓼花。

在巨大的彩船画舫上，一船人把酒临风，雅兴大发。何承矩很快填好一首词，又把一枝蓼花插在我的头上，对我说："斯兰，你把我的词唱给大家听吧！"

我轻烟一样飞到了船中央的平台上，轻舞长袖，漫舒裙裾，头戴蓼花，手拈兰花，在古筝伴奏下唱起了这首《蓼花吟》："莲叶雨，蓼花风，秋恨几枝红。远烟收尽水溶溶，飞雁碧云中……"

我的歌声赢得了大家的阵阵喝彩。有人站起来唱和："一渚蓼花携手处，粉煦青柔。萍水不长留，各自悠悠……"

何承矩和着大家的吟唱，走向平台。他把我拥进怀中。我仿佛又回到了东京汴梁。那时，我在酒肆茶楼间陪舞卖唱，是何承矩把我赎回家中，教我写诗诵词，我才有了知音。后来他戍守边关，我义无反顾地随他出征。本来我想歇了歌喉，做一个贤德的女人，好好照料他的饮食起居，没想到在白洋淀的蓼花丛里，我又控制不住自己的嗓子了。在何承矩的怀抱里，我流出了幸福的泪水。一船人围绕着我俩，以蓼花为题，尽情吟唱，直吟得花开花又谢，直唱得水落水又涨。

咣当——正当大家如醉如痴的时候，一人掀翻了酒桌，吟唱戛然而止。那人是益津县令黄懋。只见他双手抱拳，大声嚷道："何大人，辽贼觊觎大宋已久，雄州危在旦夕。大人上任伊始，不思对敌之策，却做逍遥之游。素闻大人清正廉明，没想到也是贪图享乐之辈啊……"

何承矩的脸上挂不住了。他放开了我，将手里的酒杯狠狠地摔在地上："黄懋，你口出狂言，败我酒兴，真是大胆！来人，拖下去，把他关起来！"

黄懋被押下去了，大家继续吟唱。彩船画舫向淀水深处行去。

何承矩放出黄懋是在三天之后。他亲自把黄懋送到益津县，悄悄地对黄懋说："黄县令，你受苦了。我何某绝不是贪图享乐之辈。辽军屡犯边境，边民耕织失业，田地荒芜，供给困难，我早有筑堤贮水以御敌骑、屯田种稻以供自给的想法。但恐怕谋划泄露，无奈才唱了一曲《蓼花吟》啊！"

何承矩又拿出一个奏折和一卷图册，交给了黄懋："黄县令，这是我给圣上屯田种稻的奏折和我亲自绘制的白洋淀地形图，就劳烦你再辛苦一下，去京城面呈圣上吧！"

黄懋单膝跪地，双手举过头顶："卑职错怪何大人了，还望恕罪！"

何承矩哈哈大笑："你哪里有罪？你帮我把戏演得那么好，我还要向圣上举荐你呢！我知道你是闽南人，种稻的事情还得靠你啊！"

太宗皇帝准奏的圣旨很快就下来了。何承矩被任命为制置河北缘边屯田使，黄懋为屯田副使。屯田戍边的战役打响了。何承矩发动雄州、霸州等地驻兵一万八千人，沿白洋淀边修成了长达六百里的堤堰，在淀内挖成了若

干条河道,堤内是湖泊,堤外是耕地。堤口设置闸门,可引水灌溉。河道可以御敌,耕地可以种稻。白洋淀真正成了鱼米之乡。

不想,这件事情到底让辽国知道了。契丹大将耶律阿海率领一万骑兵在中秋之夜打到了雄州城下。何承矩命黄懋坚守城门,然后带着我和几个随从悄悄地上了一条小船。在白洋淀夜月里,在蓼花成熟的浓郁芳香里,我们的船飞快地划行着。船上渔火点点,何承矩身披蓑衣,头戴斗笠,在船头横起那架古筝。随后拿出一只酒葫芦,喝了几口,然后低头抚筝。筝声硬朗激越,穿空而去。我斜倚着何承矩,一抹洁白的长袖飘过他的斗笠。那首《蓼花吟》就在他的斗笠上飘过:"莲叶雨,蓼花风,秋恨几枝红。远烟收尽水溶溶,飞雁碧云中……"

"何承矩在船上!"辽军阵里有人呐喊。耶律阿海就停止了攻城,率领骑兵循着筝声和我的歌声追了过来。他们没有放箭,他们想活捉我们。他们下了河堤,穿过河道,追着我们的渔火而来。没想到,淀里河道越来越宽,越来越密,越来越深。在草原上驰骋纵横的战马很快就都陷在了草泽之中。何承矩的筝声骤然停歇,他命令随从放了一支闪亮的响箭。不久,就听见雄州城门洞开,黄懋率领守城之兵一路吼叫着追杀而来。白洋淀里一时箭羽如蝗,炮声轰鸣。耶律阿海的骑兵全军覆没。

我扑在何承矩穿着蓑衣的怀里,我斯兰不但见证了他作为诗人的文才,还见证了他作为知州的将才。我想,我不会放弃这个男人了,我不会离开这个男人了,我一定要陪他一生一世。

后来我的愿望真的实现了。宋太宗驾崩后,宋真宗即位。他中了辽国间谍、枢密使王钦若的离间计,把何承矩调离雄州,降为齐州团练使。上任的第六天,何承矩就吐血而死。

我护送着何承矩的灵柩返回东京。路上,我含泪唱起了那首《蓼花吟》:"莲叶雨,蓼花风,秋恨几枝红。远烟收尽水溶溶,飞雁碧云中……"

歌声中,一群风尘仆仆的雄州百姓哭泣着为他送行。

双面谍

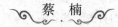

蔡 楠

澶渊之盟以后,宋辽讲和,双方再没有进行过大规模的战争,但边境时有摩擦发生。

我就是那个制造摩擦的人。

我是受了圣宗皇帝耶律隆绪的旨意,把我的通事局搬到幽州来办公的。我的任务本来是要对准宋廷的职方司的,但眼下我对雄州知州李允则发生了兴趣。雄州是边关重镇,我决定就从这里打开缺口。

于是,在元宵节那天,我带人化装成药材商队,来到白洋淀畔的界河——白沟河。

时令已是春天,但河这边一片凋敝,而河的对面榆树吐绿,鸟声清亮。河堤上,人头攒动,商贩如潮,虽然胡汉服装混杂,语言不通,但在官牙人的斡旋下双方交易有序。契丹人带来了牲畜、皮货、药材、珠玉等,汉人带来了粮食、丝绸、茶叶等。我知道这就是李允则新近开辟的榷场。据说,去年大旱,幽州境内契丹人闹饥荒,宋廷限制粮食输往幽州。而李允则却说,同在一片蓝天下,幽州百姓也是我们的百姓啊!他还把粮食低价大量卖给了幽州。作为回报,幽州百姓把一批上好的骏马卖给了雄州。但我们大辽缺少李允则的气量,皇帝一道旨意,撤换了幽州刺史不算,还把几个领头售马的人抓进了大牢。他们怕李允则把骏马训练成军马!

李允则不会的,恐怕连我们的军马以后也没有用武之地了。何承矩早在白洋淀挖了湖泊河道,李允则又在边防拆掉碉堡,填平马坑,在广袤的宋辽战场种上了成片成片的榆树。榆满塞下,边民可以取之盖房,更重要的是形成了一道道绿色的屏障。辽军的铁骑再也不能驰骋疆场了。

过了榷场,我们在榆树的屏障里缓慢地行进。多亏我们骑的是骡子,如果是战马,早就把马窝囊死了。我们到达雄州城的时候,天已经黑了下来,但依然能看到雄关如铁,城堡横亘。瓮城与州城已经连成一片。城头红灯高挂,牌楼上烟火开始燃放。笙箫丝竹、锣鼓喧闹之声已经从城里传到了城外。真是一派富足祥和的气氛。

我留下部分人在城外,带着另一部分人随着榷场下来的商贩们混进城。走过张灯结彩的大街小巷,穿过游乐嬉戏的人群,摸到了雄州守军的甲仗库前。那里早有内线在接应。内线探得,李允则正在军中大摆筵席,宴请东京来的宰相寇准。时机来了。

我们点着了甲仗库。

令人奇怪的是,甲仗库着了很长时间,城外城内的兵士竟然没有一个人前去救火。看着兵器在火中舞蹈、呻吟,连我都心疼了。可李允则还在那里吟诗作赋,对酒当歌。我派一个心腹前去军中打探。心腹回来说,本来,李允则的副手是要让守城的兵士来救火的,可李允则拦住了他。李允则说,甲仗库防范那么严密,居然突然起火,必是奸人所为,而且不是一般的奸人。如果我们都去救火,岂不中了奸计?肯定会有更严重的事情发生!

李允则说得不错。假如他军中大乱,兵士全去救火,城外的人就会把他新连起来的瓮城和州城再次炸断。

李允则真是一只老狐狸。我们只得惶惶撤离甲仗库。我身上带着内线给我的情报,又把城区布防图画了下来。我还是有不小的收获的。根据这些情报和布防图,我们很快就会打到雄州。占领了雄州城,辽军再次挺进中

原就指日可待了。在熙熙攘攘的大街上，我和我们的人走散了。街上都是狂欢的行人，唯有我牵着一头高大的骡子，这不能不引起巡逻兵士的注意。在快到城门口的时候，我被抓住了。

我被带到了李允则的军营。在宴会厅旁边的一间屋子里，我终于见到了李允则。他纤弱文雅，但气宇轩昂。他的眼睛在我的身上扫视了一圈，就喝退兵士。接下来，我没有想到的一幕发生了。李允则急急地跑过来，急急地给我松了绑，又把我身上的紫色衣袍的褶皱抚平，扶我坐下，端上一杯热茶，然后我就听到了他浑厚的声音："萧佑丹将军，你受苦了，也辛苦了！"

我更吃惊了，问："你怎么知道我是萧佑丹？"

"哈哈哈！"李允则笑了，他的笑声在屋子里旋转着，把我给旋蒙了。

"你们有内线，我们就没有内线？实话告诉你吧，你们来了多少人，什么时候出发，来干什么，我都清楚。我之所以不制止你们的活动，就是想让你看看我雄州的力量！"

我张张嘴，还没说话，就听见李允则又说："我还知道你的身上有地形图，有情报。但我明确告诉你，萧将军，那上面关于粮食、货币、兵马的数字都是假的！"

"假的？这不可能！"我站了起来。

李允则又把我按到座位上，说："我知道你得了假情报，回去是要被砍头的。为保你性命，我可以给你提供真情报。我以雄州知州的身份为你提供一份真情报。但我相信，你们得到这份真情报，恐怕更不敢犯我大宋江山了！"李允则说着，从怀里掏出早已准备好的真实情报，一边给我，一边报着上面的数字。

我惊呆了。这上面的数字比内线提供的更详尽，更真实，显示出更强大的实力。我接过情报，无话可说。我唯一能做的就是请求李允则把情报封好，加盖印信，让我带到辽国去。

当晚，李允则牵着我的骡子送我出城。我和城外等候我的人会齐，连夜逃回了幽州。

　　我在幽州待了几天，又回到了雄州。我做出一个重大决定。我没有把情报送到圣宗皇帝那里，而是原封不动地交给了李允则。同时交给李允则的还有辽国的兵马、财力数字和地形图。

　　就这样，我成了一个双面间谍。我希望李允则打过白沟河，打到幽州，打到上京去！

玄缘记

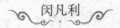
闵凡利

秀才闵卿每到月末都到悬心山静心寺找悟了大师手谈。

今天,当悟了大师说世上的事有很多都是注定的时候,闵卿摇了摇头说:"不,我不相信。"

闵卿说:"我相信汗水和心血。一朵花的绽放是需要浇灌的。这花就是缘分,就是爱情啊!"

悟了大师没点头,也没摇头,只是长诵一句:"阿弥陀佛。"

闵卿说:"可为什么就没我钟情的女孩呢?"

"要靠缘的。"悟了大师说,"没缘你永远也遇不到!"

闵秀才说:"我昨夜做了一个梦,梦见一个女子,说是我前世的女人。我清楚地记得,是在你这里见到她的,所以我今天早早赶来在佛祖跟前烧了三炷香。"

悟了大师说:"也许这就是天机吧。"

闵秀才哈哈一笑说:"大师啊,自从我认识你之后,不知为什么,我一个劲地想找个爱我的女子。"

悟了大师说:"这就对了,因为你是人子啊!"

闵秀才不明白大师为什么这么说。大师说:"知道六月的知了是怎么飞上天的吗?"

闵秀才说:"知了原是土里的虫,出了土,蜕了壳,就会飞了。"

悟了大师说:"有了女子,有了孩子,你才会像知了一样飞上天呀!"

这时一个沙弥过来了,面对大师双手合十:"师傅,有一施主想求一卦。"

悟了说:"好,让他过来吧!"

沙弥又说:"是山下镇上王千户的夫人和她的千金。"

悟了大师的心微微一颤,说:"阿弥陀佛,领她们到这儿来吧。"

沙弥退下了。闵秀才问:"大师,我回避一下吧?"

悟了微微一笑说:"天下本无事,庸人自扰之啊。"

闵卿听了脸红了,说:"那我就随着她们领受大师的教诲吧。"

悟了老和尚听了,念了一声:"阿弥陀佛。"

一位四十来岁的妇女走进悟了大师的禅房,身后跟着一位妙龄女子。

中年妇女进禅房后脸微微红了,对着佛像双手合十,深鞠一躬说:"阿弥陀佛。"

悟了大师也念了一句佛号,问:"施主一向可好?"

王夫人说:"托菩萨的福,还算可以吧。但有一事,是我的心病。小女今年已过二十,还没有婚配,我心急啊!"

悟了大师用眼角扫了一眼缩在王夫人身后的小姐,小姐长得婀娜多姿,像六月的蜜桃充满汁水。悟了发现小姐在盯着自己看,脸上露出了红晕,像天空的两朵彩霞。悟了就什么都明白了。

悟了大师在心里叹了一声,说:"施主,不是小姐婚姻不透,是小姐没遇到可心的人啊!"

王夫人说:"不会吧,已说了十来户人家的公子了。我们就这一个闺女,我们可不想随随便便就把她嫁了。云儿看不上的,就是家里条件再好,我们也不愿意。我们想要云儿快乐。她要是嫁给一个她不喜欢的人,她会快乐吗?"

悟了大师说："你说得太对了。云儿能托生给你做女儿，是她的造化啊！"

王夫人说着叹了一声："大师，你说，云儿喜欢的男子，有吗？"

悟了大师说："有啊。"

王夫人说："真的？大师，你知道在哪儿吗？"

悟了大师说："说远，远在天边；说近，近在眼前。"

王夫人这才仔细地看了看周围，她看到了大师身后的闵卿秀才。王夫人说："难道是他？"

悟了大师点了点头，说："闵秀才，还不快点过来拜见王夫人！"

闵卿上前施礼："小生闵卿拜见王夫人！"

王夫人定睛看了一下闵秀才，不由倒吸一口气：天下竟有这么标致的男子！她又回头看了一下女儿，看出女儿眼里盈盈的水波。王夫人长出了一口气，说："免礼。"

闵秀才站在一边。王夫人又上下打量着，怪不得女儿不喜欢那些达官显贵的孩子，他们和闵秀才比，好似石头和璞玉啊！

悟了大师心里明镜似的，他看了一眼磬。磬是黄铜制成的法器，明晃晃地映着大家的身影。大师敲了一下磬。他看到，各位的影子一下子被敲碎了。

王夫人在磬声的回响中回过神。她站起身，对着悟了大师双手合十施了一礼，说："既然是佛祖成全，还望大师费心！"

大师看了一眼含羞的云儿，细听一下后面闵秀才的喘息，就什么都明白了，大师高声念了一句佛号："阿弥陀佛！"

王夫人起身告辞。在离开的时候，云儿回了两次头，回第三次头的时候，被王夫人拉住了。

悟了大师破天荒送了王夫人。以前悟了大师从不送人的。跟在大师身后的闵卿很纳闷。

回到禅房,悟了大师对闵卿说:"回家找人去王府提亲吧。"

闵卿问:"你没问我对那个姑娘的印象如何,怎就知道我会愿意呢?"

悟了大师说:"我不要问你,我知道你的心。去吧!"

闵秀才差人去王府提亲。听说是闵秀才,王家当即应允。次年春天,闵秀才和云儿喜结连理。当然,婚礼是悟了大师主持的。仪式结束后,悟了大师要回寺院。闵秀才跟随着他。

闵秀才说:"大师,你怎么知道我会和云儿成为夫妻呢?"

悟了大师说:"当你看见云儿第一眼的时候,我就知道了。"

闵秀才更不理解了:"我当时站在你身后,你是看不到我的表情的。"

悟了大师说:"我当时看不见你脸上的表情。可我一旁的磬告诉了我。"

闵秀才问:"磬告诉了你?"

悟了大师说:"是啊,我一旁的磬,映着你的脸。当你看到云儿的时候,

我看到你倒吸了一口凉气。从你倒吸的这口气上，我就知道，你被云儿吸引住了。"

闵秀才说："就算你说得对。可你怎么就知云儿会对我钟情呢？"

悟了大师说："也是磬告诉了我。磬就是一面镜子。云儿脸上的红晕映到磬上，我就清楚了，云儿的红晕为你起的。因为，她的春心已经浮动了。春心是什么？就是欢喜心。"

闵秀才说："我明白了。"

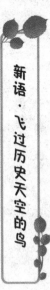

神 匠

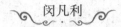

闵凡利

和尚双手合十,唤了声:"阿弥陀佛。"

神匠见是和尚,就问:"出家人,有啥事就说吧!"

和尚说:"为神事而来。"神匠说:"我只塑女身。"和尚说:"我要塑尊女神,是观音。"

神匠只塑女身,这是方圆百里人人皆知的。神匠的女身塑得活。以前神匠也塑男身,塑得也挺有名。可自从妻子死后,他就只塑女身了。神匠的女神塑得真,就像一位真神那么慈祥地站在你的跟前,听你的苦,听你的忧。

神匠就随和尚到了一座庙。庙很新,和尚说:"这是我化了二十年的缘才盖起来的,目的就为塑这尊神。"和尚说得很凄凉。和尚从怀里掏出一张发黄的纸,说:"照图上这女人的样子塑,一定要塑活。"图上是挺俊秀的女人。神匠觉得很面熟。

和尚说:"把她塑成个观音吧!你行的。"神匠没有言语。

神匠一连三天都在喝酒。和尚在念他的经,念得很专一。

第四天,神匠就开始找料了。找料是为"搭骨架"。神匠选料和别人不同,除主躯是两根硬木外,剩下选的都是白蜡、桑之类的有弹性、有韧性的软木。神匠认为女人的柔不在皮肤,而在骨子里。

骨架搭好了,神匠就开始糊泥。泥糊得很快,不到三天,形状就出来了。

和尚一直在前堂念他的经。只有吃饭的时候才有人到前面唤他过去吃饭,也不问他进展如何。神匠觉得这样很好。

这一天该"洗尘"了。就是给神洗澡,从头上浇一盆清水。洗去尘世的灰垢,好干干净净地做神。神匠不这么认为,他说神是人变的,他给神洗尘,是洗神味儿。

"洗尘"是最神圣的时刻。神匠把门和窗都用布遮得严严实实,因为这是他的绝活,就是往神身上涂抹他的汗水。神有了人味才是真神。

神匠要给观音涂抹汗水了,神匠很激动。这时,门开了。和尚气喘吁吁地站在门口。神匠心里一凉,他觉得他身体里的一种东西就像夏天里的一块冰,正在慢慢地融成水。

和尚说:"用我身上的汗吧,你看,我身上都是汗呢!"

神匠想拒绝。神匠想我是神匠,哪能用你的呢!可神匠身上的汗没了,觉得身上发冷。神匠有一种被打败的感觉,但神匠没有流露出来。

和尚看着观音,对神匠说:"她身上能有我的味儿,我就知足了。我这二十年没有白苦。"

神匠的心一颤,泪差点流了出来。

到秋天了。神匠看着落叶,心想:该给观音安"心"了。

神匠的女神塑得活。神匠认为那是有心的缘故。人有心才能活,神也是,神没有心怎会是神呢?那是一具泥胎。旁的神匠认为他这是多此一举,他们说世人活得苦,活得浮躁,有个寄托,有个作揖叩头的对象就行,有心无心都是泥胎,都是自己骗自己,骗局何必费那么多心思呢!

神匠不那么想,他说:"神是人变的。人和神都是一样的,都有心。没有心哪能活呢!"

那天,神匠对恋在观音前不愿离开的和尚说:"安完心神才是神,你现在拜的是泥胎。"和尚不解。神匠说:"你出去吧,我这就给观音安心。"

和尚看了看观音，就出去了。不一会儿，神匠就听到前堂传来木鱼声。声很乱。神匠知道自己该干什么了。神匠就用手从头到脚摸着他的活儿，泪，稠稠地流下来。

神匠看着观音。观音也望着他，甜甜地笑，笑得神匠心里空空落落的，神匠就扑通跪下了。神匠从没有给他的活儿跪过，这次不同，他跪下了。

神匠看着观音说："他就是爱你的那个人呢！你知道吗？他就是为你而出家的那个人！"

观音还是一如既往地笑着，笑得很博大很宽容。神匠说："他在和我斗呢！说实在的，我不想赢他，可不赢不行，你是我的女人……"

神匠就再次审视他的那尊观音。猛然间，他想起自己还有一件事没有做。他自言自语道："该走了……"

一炷香后，和尚推开了门。和尚看到神匠倒在血泊里。神匠的心没有了。

和尚看到观音的心口有一颗鲜红的心，正在有节奏地跳着……

和尚看着观音，发现观音笑得更美了，更真了。和尚觉得在观音的笑容前，他只有永远低着头。

和尚猛然间明白了他为什么永远拥有不了那个女人。他知道自己一辈子只有当和尚了。和尚便很苦地呼了声："阿弥陀佛。"

刘安杀妻

岱 原

　　刘安见到刘备的时候,刘备正在逃难。当时的刘备骑着一匹口吐白沫的马,表情就像一条丧家的狗。

　　没人知道刘备是怎么拐进这个偏僻的山村的。刘备进村以后就看到了刘安。

　　刘备说:"我是某某将军某某亭侯某某州牧,我是皇叔,我叫刘备。我今天走路走累了,想找个地方歇歇脚。你应该不介意对一个皇室后裔进行必要的款待吧?"

　　刘安不敢肯定刘备是在和自己说话,因为刘备说话时眼睛是冲着天看的。后来刘安琢磨了一下,觉得刘备的话还是冲着自己说的,因为刘安身边没有其他的人。那个偏僻的山村缺乏必要的生气,刘安的身边除了一条脱毛的老狗,就只剩一棵形状怪异的树。刘安觉得,刘备如果没有精神疾病的话,那么肯定就是在和自己打招呼。刘安想了想就答应了刘备的请求。刘安觉得没有理由拒绝一个刘姓的同宗。

　　招待刘备的时候,刘安遇到了麻烦。刘备是一个挑剔的人,他对刘安老婆熬的苞米粥看都不看,他把刘安端上桌子的窝头推到一边。刘备说:"我是皇叔,虽说是远亲,但是每天的用餐标准最低也是四菜一汤。你这里情况再差也不能用对付叫花子的办法打发我。你应该去弄点肉,你不能把我的胃当成乡下人的胃。"

刘安没有说什么。他犹豫了一下,还是背上弓箭出了门。刘安不是被刘备说服了,而是被刘备的气势给震住了。山村的猎户没有见过大世面,刘备的架势很容易对小人物形成无形的压力。刘安很惶恐,他屁颠屁颠地往山上跑,准备给刘备找点肉。

不过刘安上山以后就后悔了。在追兔子的过程中他开始不忿。刘安想:"凭什么我刘安要招待你刘备?我是你的下人?你给过我好处?你是皇叔和我有什么关系?你是大官就一定要拿架子?你们平时四菜一汤大鱼大肉的时候不想我们,现在落难了就想起我们了,难道我天生就有伺候你们这些大人物的义务?"刘安这么一想,追兔子就追得很不用心。到太阳落山,刘安依旧两手空空。

那边,刘备的心情十分轻松,他在等待一餐野味的盛宴。整个下午,他兴致很高,他喝了不少消食的浓茶,积极地为胃部腾出空间。在打发那段相对漫长的时间里,他还顺便调戏了刘安的老婆。他向那个可怜的女人展示了自己蚕丝质地的衣服,告诉她在大城市做官的种种好处,他时而大笑,时而故作姿态地深沉。他很适当地展示着自己与众不同的高贵身份。再后来,刘安回来了。

刘安说山上没狼,也没有兔子和野鸡,连癞蛤蟆也没有,山上的动物今天都死绝了。

空气变得凝固,刘备有些尴尬,他就问刘安:"你能不能去隔壁借一点?"刘安说隔壁也没有。刘备说你起码也应该去问一下,刘安说问也是白问。刘安的语气强硬,态度恶劣得出奇。刘备受到了刺激,他觉得自己一点面子都没有了。他站了起来,顺手操起搁在板凳上的铁锏,恶狠狠地朝旁边刘安老婆的头上砸去。这个可怜的女人还没有弄明白怎么回事,就被刘备砸死在地。刘备擦了擦锏上的血迹,轻蔑地朝刘安努努嘴,说:"把她的肉割了,

给我下酒。"

刘安当时就傻了。

刘备后来见到曹操，篡改了事情的主要情节。他说刘安为了款待自己，主动把老婆杀了，割了肉给自己下酒。为了制造真实的气氛，他还及时地流了眼泪。他问曹操："你有没有钱？有的话就借一百两金子给我，我要犒赏刘安。"曹操当着很多人的面抹不开面子，就答应了刘备的要求。

后来的史料说曹操顾及刘安的大义，做主给的钱。这不大靠谱，曹操是个聪明人，不可能拿自己的钱给未来的对手做好人。真实的情况应该是：后来曹刘两家闹翻，曹操几次派人到四川找刘备讨那一百两金子，没有讨到，心里就很不爽，曹操自己掏的腰包，好人却让刘备做了，心里不痛快。于是他就让史官再次修改了记载，结果成了：刘安杀妻款待刘备，曹操掏钱安抚，钱是刘备的人送的，至于有没有送到刘安手里，鬼都不知道。

历史就是这样，因为两个人的篡改，怎么看都不合乎逻辑。但是有一部分人信了，它就流传了下来。

我是陈琳

岱·原

在袁绍帐下，我是记室，文丑是大将。我和文丑的关系非常紧张。

冀州城的人都知道，文丑是位名将，所谓名将，其实就是杀人的高手。文丑很会杀人，两军对垒，别人从战场回来，捡条性命就算不错，厉害一点的，也就是提一两个敌人的脑袋。文丑不同，文丑每次回来，都是扛一麻袋。麻袋里不装别的，装敌人的耳朵，别人在清点脑袋的时候，他提着麻袋底一抖落，抖落出一大堆血肉模糊的东西，那是一堆数目庞大的耳朵。能把所有的人给震了。文丑就在那一大堆惊人的耳朵面前扬扬自得："我杀的人太多了，我没办法把所有被杀的人的脑袋都捎回来，我只能割下这些耳朵。"由于这些耳朵，文丑在所有的大将中迅速蹿红。

我不喜欢文丑，一点都不喜欢，我是记室，我必须对文丑砍下来的每一只耳朵进行清点。这是一项恶心而且费时的工作，当别人都已经退朝散去，我必须捻着那些血淋淋的东西一个一个记数。我不能弄错一个数字，这也是袁绍的交代。袁绍说："那么多的数字，肯定会写进历史，不能搞出半点差错。"历史很严肃，我没有篡改历史的理由。

很长的一段时间，我不再吃猪耳朵。我看到木耳一类的东西也会莫名其妙地哇哇呕吐。我的脾气因此变得暴躁，我回到家，常常无缘无故捞起一

根荆棘条就去抽打我的宝贝儿子,我会拧住他的耳朵不肯放手。我的举动让我的妻子惊恐不已。"你一定疯了!"她说,"如果你没有疯,那么就一定是我的眼睛疯了。"

我没有疯,我害怕自己会发疯。我开始讨厌文丑的一切。我讨厌他的耳朵,讨厌他的络腮胡,讨厌他生吃大蒜后嘴里发出的一股臭气,我讨厌他的一切。在冀州城,我四处散布他的谣言,我说:文丑是山顶洞人和元谋人的杂交后代,这个杂交的家伙三个月不洗澡。我又说:文丑四肢发达头脑简单,大字不识几个。在冀州城的大街上,一内急就会钻女厕所。我还说:文丑喜欢嫖娼,嫖娼还不给钱,被人逼急了才会往衣襟里摸,摸来摸去总是摸出几个人的耳朵。城东的女疯子原先就是怡红院的,她就是被文丑的人耳朵吓疯的……

谣言让我和文丑的关系非常紧张,没有确凿的证据,他没办法确定我就是谣言的源头。但他能预感到我的不怀好意。他常常用恶毒的眼光盯住我,半天不动。上朝的时候,他会给我使绊子,让我在众人面前无缘无故地跌倒。再不就假装亲热地捏住我的胳臂,说你这个文人还不错,还有点肌肉,然后手上使暗劲,把我捏得龇牙咧嘴。再或者,当着所有文武官员的面,在我瘦弱的胸口上擂一拳头,说陈琳不当武将太可惜了,看看这漂亮的胸大肌。我右胸的第三根肋骨就是被他打断的。我在病床上躺了三个月,三个月的时间,我不能下地,不能写字,不能和女人亲热,我恨他入骨。

我的《伐曹檄文》就是基于这样的仇恨草拟的。我和曹操不熟,我不可能那样痛恨曹操,我骂曹操的时候,骨子里骂的其实就是文丑。我从曹操的祖宗三代开始骂,我运用了大量的典故,使用了大量的生僻字,全文不阻滞不生涩。文章一出炉,把一向以文为傲的沮授、审配之流都给震了。张榜那天,冀州城懂文字的人都来围观,据不完全统计,百分之八十的人都读了该文,这在非互联网时代创下了一个奇迹。

袁绍看了我这篇文章后前所未有地评价道:"这篇文章将名垂青史。"他很兴奋,他把我揽住,亲热地拍打我的肩膀。文丑应该气疯了,他面色铁青,牙齿咬得咯吱乱响，在大殿上他就失态了："破文人，就那几个字就能名垂青史？我呸!"他吐口唾沫，然后拂袖而去。

这是我最后一次看到文丑，后来我得到消息：文丑带兵伐曹，冲锋时和关羽照面，结果不到三个回合就被关羽砍了。

这是个令所有人不敢相信的结局，一个杀人的高手不到三个回合就被人砍了，不可思议。我一直觉得，文丑的死是一个阴谋，一个制造名垂千古机会的阴谋。战场上谁都会死，但死出特点并不是一件容易的事。文丑以名将的身份不到三个回合就被人砍死，过程太震撼太夸张，完全符合轰动爆炸一类的新闻效果。没有任何人会死得像他那样有创意。他在和我较劲，即便在临死的那一刻。

一场战争还没有开始，先锋就用这种类乎自戕的方式死亡，它决定了整个战局的走向。后来，袁绍战败，冀州陷落，我被许储像揪小鸡一样揪到曹操面前，许储摸着我脖颈后面两根骨头之间的连接部位说："等一会儿我将从这个地方下刀。"曹操想了想，又想了想，然后摇了摇头："我为什么要杀他呢？我需要杀他吗？"

我活了下来，这是一个奇迹。在余下的日子里，曹操一患头风就把我叫过去，每次过去他都会跪在床上求我，说："你骂我吧，你拼命地骂我吧，骂得越恶毒越好。"他害怕他的头风。

我没有死，其实我已经死了，当我成为治疗头风的药时，我就已经死了。我开始怀念，怀念以前的一切，甚至包括以前痛恨的文丑。没有文丑，我写不出那个制造了我生命中最辉煌的《伐曹檄文》。我写完了文章，我的生命其实就已经完结，爱和恨都是一种力量。

故事就要结束了，在结束这个故事的时候，我还要交代一件事：在许昌，我遇到一个从冀州过来做生意的商人，商人说，他以前曾经跟随文丑打过仗，他说在战场上他见到过一个奇怪的现象：一些就地掩埋的自己人，尸体很完好，但都无缘无故地丢掉了耳朵。

记住一棵树

非·鱼

跑,继续跑。

那时你还叫刘秀。你的腿已经不听使唤了,汗水湿透了中衣,嗓子里有咸腥的味道。

没有别的选择,身后是嘶喊震天的追兵,你根本没有选择的余地。没日没夜地追杀下,活着成了你最奢侈的希望。

跑,继续跑。

远远的,山坡上有炊烟袅袅升起,你似乎嗅到了小米粥甜糯的味道,你使劲咽了口唾沫。炊烟于你,是一种残忍的诱惑,你既不能摆脱王莽的追兵,又不能进村去讨一碗粥喝,尽管你早已经饥肠辘辘。

跑,继续跑。

嘶喊声似乎小了远了,那些追兵大概开始埋锅造饭了吧?你瘫坐在田埂上,凉风吹拂着你的衣衫,汗慢慢落了,但肚子却越来越饿,如无数的小鼠探出尖利的细齿咬噬着你的胃壁。

仰头,遮蔽荫凉的是一株硕大的棠梨树,一颗颗棠梨如青核桃般在风里轻轻摇晃。你又咽了一口唾沫,急慌慌地揪下几颗啃起来。呸——你又吐出来,小小的棠梨太酸了,还涩,不能充饥,不能解渴。

"难道,天要灭我刘秀吗?"你扔掉手里的棠梨,环顾四野,长叹一声。

突然,一个妇人从山坡上袅袅向你走来,面若一轮明月,发髻高挽,手执一只黑褐色的陶罐。你有些迷惑,这山野之上,怎么会有如此娴静貌美的妇人?

妇人微微一笑,问你:"我给夫君送饭归来,见你在摘棠梨,可是饿了?"

你点点头:"是……"

妇人说:"我知道。"

你看见妇人敏捷地把陶罐放置在土块之上,摘下十几颗棠梨放进她的陶罐里,找来一把干柴,点燃。不一会儿,罐里居然发出咕嘟咕嘟的响声,热气氤氲中,传来阵阵清香。胃里的小鼠更加用力地咬噬,你口干舌燥,唾沫也没有了。

火熄了,罐凉了,妇人说:"吃吧。暂且可充饥。"

端起陶罐,棠梨温暖的汁液流进嘴里、胃里,你吞食着果肉果核,如果可以,你甚至能吞了陶罐。那一刻,你忘记了汉家天下,忘记了刘氏血脉,酸甜温暖的煮棠梨就是一切。

放下陶罐,你用宽大的袖口擦一擦胡须上的棠梨汁,欲道一声谢,可眼前早已没有了妇人的踪影。你仰天长啸:"哈哈,莫非上天来助我!"

跑,继续跑。

此刻的你气力大长,飞一样,在山坡上、塬上奔跑,一路向西。追兵的嘶喊听不到了,伴随你的只有风。

风,不停地吹,吹过黄河两岸,吹过你冕冠上的旒,叮当作响。哦,你已经是汉光武帝了。

如今你什么也不缺,普天之下,有什么是你不能吃的?可是,太官精心准备的八珍之味依然让你提不起胃口,你挥一挥宽大的衣袖:"拿下去。"太官战战兢兢地退出去。

这不是第一次,太官属下的大官丞已经换了五个,还要怎么样?你本不

是苛责之人啊。

棠梨，对，就是棠梨，是那位妇人为你在陶罐里煮出来的棠梨啊。你舔了舔嘴唇，仿佛那酸甜的温暖还在。

怪不得太官，他哪里知道你的威仪荣华之下，掩藏着什么，那一路的逃亡，有过多少的生死瞬间，那一罐棠梨，才是永远的美味。

再次来到陕州西南的那座小山村，你要当面拜谢救命的村妇。前去打探的人却回报："村里没有此人。"派了更多的人，再找，依然是没有这个人。

你弃辇登上那座小山，站在山顶上，村庄里鸡犬之声相闻，绿树掩映，细细的炊烟从树梢上升起来。慢慢从山上向下走，你来到了那株棠梨树前。仲春时节，雪白的棠梨花将整棵树笼罩，金黄的连翘在山坡上绽放，麦苗青青，蜂飞蝶舞，热闹非凡。

笑容在你的脸上慢慢绽放，如棠梨花朵般灿烂。作为大汉的天子，子民安居乐业，你能不高兴吗？找不到为你煮棠梨的妇人，但棠梨树在，不能当面感谢妇人，但村里的百姓在。你下诏，赐给这个小村庄一个好听的名字：罐煮梨村，免除村里所有的税赋、丁役。

得知这个消息，村里的老幼妇孺一齐跪在你面前，谢你的宽厚仁心，你一指那株硕大的棠梨树，说："我，是棠梨树上结下的果，你们也是。棠梨树佑护着召公，也佑护了我，我会永远记得这棵树，记得罐煮梨村。"

后来，有人告诉你，那个美丽的妇人是荷花女的化身，是召公派来的。你沉默不言，良久，冲着罐煮梨村的方向拜了三拜。

当然，这个说法是不是真的，都不重要了。

你是刘秀，你是汉光武帝，你是大汉中兴之主，你是能把一棵树记在心里的人，这就够了。

棠梨一树萌

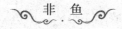

菲·鱼

微风吹来,春风中弥漫着清冽的香味。

一辆牛车,从官道上缓缓而来。

你,一袭布衣,端坐在颠簸的车内。你一手掀起小窗上的布帘,看着远远近近的麦苗、油菜,青绿或者嫩黄。温暖的风吹到你瘦削的脸上,你笑了。

你被扶下车,站在麦苗青青的地头。一棵棠梨树满身的青叶在晃,一如你的衣角,欲飞而又止。洁白如雪的棠梨花,开得正好。

为了辅佐你年幼的侄子,你与兄弟分陕而治。今天,你又一次来到这陕州城,察看民情。

听说你来,那些当地的官员们慌了。他们急忙从城内找出一家最好的院落,让院内的人统统搬出去,一番洒扫,烧好茶水,备了上好的点心。然后,他们来接你,要你到城里去休息。

听说你来,那些百姓们也慌了,他们奔走相告,像过节一样高兴,匆匆赶来见你。他们是来告状的,来喊冤的。他们要你主持公道。

一边站着那些唯唯诺诺的官员,一边站着你的百姓。

你手一挥,指向那些锦衣的官员:"你们回去吧,我就在这里,不用休息,我不累。"这些为官的,哪里敢离开一步,他们小心地赔着笑脸,一眼不差地

看着你,汗,从他们的脸上慢慢冒出来。

你怒言道:"不劳烦我一个人,而兴师动众劳烦百姓,这可不是我要施行的仁政啊!"

你手再一挥,指向那些百姓:"大家别着急,来,我们坐下说。"

你转身走向那棵棠梨树,一撩衣襟,坐在了树下。百姓们看你坐下,纷纷围坐过去。小小的棠梨树,洒下星星点点的荫凉。

百姓们的日子简单又复杂,总有些磕磕绊绊你纠我缠,大家争着想让你给断个公道。他们总是有着敢怒而不敢言的事,等着你来给撑腰。

你问身边一个壮汉:"你叫什么?"壮汉憨厚地一笑:"我叫生。""那好,就从生这里开始,大家一个挨一个说。"

生就先说,他是因为赡养母亲,和两个兄弟有了龃龉,生觉得吃了亏,要你治他两个兄弟的罪。

你说:"先民生人,母为大。赡养自己的母亲,能吃多少亏呢?即使兄弟不养,难道你也不养吗?如果这样,当初母亲为何要养你?"

生低了头,不言语。你拍拍生的肩膀:"能养好自己的母亲,是善德善行,带好头,你的兄弟慢慢会受你感召的。"

生不好意思地笑了笑:"我知道了。"

以后每一次来,无论春秋,无论冬夏,你就坐在这棵棠梨树下,给大家调解纠纷,解决大大小小的问题。秋风吹起时,树上的棠梨果由小长大,一颗颗挂在枝头,播鼓般摇晃着。

越来越多的百姓来拜见你,他们聚在你的周围,哪怕没有纠纷,也愿意听你讲那些治国的道理。风从田间吹过,吹干了你的嘴唇;不停地说话,说哑了你的嗓子。那些小心翼翼的官员们,急忙吩咐下去:"快,去打点水来,给大人解渴。"

有人匆忙离去,去找最甘甜的井水。你摆摆手:"不用,不用麻烦了。"

你站起身来,伸手从头顶摘下一个未熟的棠梨,在衣袖上擦擦,张口就咬。周围一片低低的哦呀声。你依然一笑："这棠梨，又解渴又可充饥，好啊。"

你重又坐下，招呼大家继续。但没有人再说一句话，大家看着你，看你慢慢地把那个酸涩的棠梨吃完，脸上没有一丝不悦的表情。

一个老者面向你跪下，大家也一齐跪下。

你百年之后，那些想念你的百姓，一家一家地凑钱，为你修建了一座祠院，院子里只种下一种树：棠梨树。每当他们想你时，就坐在棠梨树下，闻一闻那清淡的花香，或者摘一颗未熟的棠梨，细细地品那酸涩的味道。

三千多年后的陕州古城，一切早已经变了模样，唯有那条黄河，日夜奔流，还是当年的那条黄河。

为你重修的祠院，巍峨典雅，你的名字重新被人念起。在风驰电掣的年代，人们又开始怀念坐在树下接见百姓、处理事务、摘棠梨止渴充饥、只愿劳一身而不愿劳百姓的你。

你姓姬，你是周文王的儿子，武王的弟弟。人们叫你召公。

墨 宝

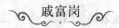

戚富岗

　　提起张云羲,在古城很少有人不知道。老先生的书法远溯"二王",中取颜、柳,后习王铎、郑燮、何绍基,博采众长又自成一体,用笔遒劲洒脱,取势恣肆雄浑,结体严谨奇崛,章法错落有致,二十岁就已有"古城秀笔"之誉。可他不求闻达,淡于浮名,一直以教学授馆为生;时下已七十有三,身体还算硬朗;平时很少外出走动,只喜在家中种花草、读诗书。

　　这次贺知县到任后的第一件事,就是让刘师爷去求几幅张云羲的墨宝。

　　这差事还真让刘师爷作了难。若换作其他人的字都好说,即便是省里、京城哪位大名家的字,刘师爷也能想办法弄几幅回来。可这位张云羲的字从来不卖,哪怕你搬座金山银山,照样会被拒之门外。还有,张云羲赠字从来不看来人的身份,越是达官贵人去求字越可能碰钉子;有时求字之人穷困潦倒,他反倒会挥毫泼墨,慷慨相赠。

　　难归难,知县大人交办的差事又不能不办。刘师爷没有直接去找张老先生碰钉子、讨没趣,而是在城里大大小小经营字画的店铺里转悠,什么翰墨轩、古香斋,刘师爷都逛了个遍。店铺里挂有张云羲墨宝的倒是有那么几家,可是老板们却是众口一词:"张老先生的墨宝是本店的门面,再说了,是向老先生保证过的,绝不会拿他的字去卖钱,所以断不能卖。"

一晃几日过去了，刘师爷向贺知县诉苦："求张云羲的字和求东海夜明珠没什么区别，几乎是磨破了嘴皮子，也没能……"

贺知县笑了："真比求东海夜明珠还难？你看我这里怎么已有了两幅？"说着贺知县取出两幅画轴。

见刘师爷惊奇地瞪着两眼，贺知县又笑了："现在你就和我一起去见见老先生。"刘师爷赶紧冲外面喊了声："备轿。"

贺知县却道："不，步行。"

张老先生住在城西。几间草屋，一个小院。

贺知县推开院门，见一位老人须发皆白，急忙屈身行礼。

寒暄几句之后，贺知县道："先生的贤名誉满古城，在下十分敬重。此次受京城石大人之托，专程来拜见先生。您有何吩咐只管讲。"

贺知县所说的"京城石大人"指的是朝中的石松亭石大人，贺知县原是石松亭的门生。且说石松亭年幼时家境贫寒，而张云羲当时是他的老师，不仅教他读书识字、吟诗作赋，还曾在生活上给了他不少帮助。石松亭自幼聪明，且读书刻苦，后来高中榜首入朝为官，仕途一直顺畅，直至显位。石松亭飞黄腾达了，自然忘不了恩师张云羲。以前曾多次差人或写书信问老先生有何困难、需要什么帮助，可张老先生总是那么一句话："生活得很好，没啥困难也没啥需要。"这次贺知县来古城赴任之前，专程拜望过石松亭。贺知县知道石松亭的老家就在古城，就问他在老家可有什么事情要办。石松亭说："家中亲人都已不须挂心。只是有一位恩师，至今仍很贫苦，一直过意不去。这些年，家乡亲友故旧都或多或少有事求我帮助过，只有这位恩师从没有让我办过一丁点儿的事情。此次你去古城，能关照些最好。"有了石松亭这番话，贺知县自然尽力。

张老先生的回答在贺知县的意料之中。

"上岁数了，饭量也减了，一天有一斤面熬粥、烙饼足可以充饥，别无他求。"

贺知县叹气。

少顷，贺知县道："近日来，找先生求字的可比先前多些?"

张老先生手拂胡须回答："近年来眼也花了，手握笔时也总是颤抖，可还总是有人为求字而找上门来。说来也怪，这些日子登门求字的比以往要多些。"

贺知县忽然哈哈大笑起来："那是因为在下在求先生的字。先生是心如清水，无欲无求，可能做到像先生这样的，天下能有多少? 古城能有多少? 大多数人还是希望能得到本县关照的。他们既知本县深爱先生墨宝，自然倾力投本县所好。不瞒先生讲，本县手上现已有几幅先生的墨宝。这些墨宝已有人正快马加鞭送往京城。我相信很快就会挂在石松亭石大人的书房里。到那个时候，先生的字会在京城成为香饽饽的，来求字的人自然就不一样了，甚至连巡抚道台们都会在先生的书案前排成长队的。先生很快会成为名动京城的一代大师……"

不久后，贺知县突然想到，应该再去看看张云羲老先生，争相求字的情景一定很热闹的。

贺知县从缓缓落下的轿子里走出来，他的眼前依然是几间草屋、一个小院。

紧接着跃入贺知县眼帘的是两个特别醒目的大字：封笔。

赢　家

戚富岗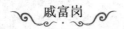

　　他熟读经史子集，才华横溢，决心走上仕途，一展胸中抱负，他自信"将有作为如水到渠成"。

　　宋真宗天禧元年，一张金榜聚焦了所有考生的眼光。自己的名字会出现在第一行、第二行还是第三行？然而他一直阅至最后一行，始终没找到"柳永"两个字。命运居然跟自己开了个玩笑。哦，他明白了，是自己没有对大宋大唱颂歌。谁会在乎你巧妙的辞章？他淡然一笑，随口吟道："富贵岂由人，时会高志须酬。"

　　五年后，他又一次庄严地走进大宋科举考场，同样带着他的万丈豪情和锦绣文章。他要让一些人知道什么才叫真正的文章。他要用笔下的文章给他们一记狠狠的耳光，让他们为曾经遗漏了一个真正的人才而自惭形秽。写什么呢？啊！辉煌的宋朝！对不起，我柳永还没学会呢，我做不到。

　　那么一切就是注定了的。

　　新科进士们兴高采烈地饮酒庆贺去了，他茫然站在金陵街头。浩浩荡荡的秦淮河穿过金陵古城汩汩向前，两岸车马穿梭如织，酒楼店铺林立。可这与他无关，他是落魄文人。他有点累了，想找个地方歇歇脚。他走向了最需要词的地方。我糟践我自己，你们管得着吗？

痛过之后是格外清醒，他看到了大宋朝骨子里的污浊。亮晶晶的，在眼角，是泪吗？一曲《鹤冲天》未经斟酌便脱口而出："黄金榜上，偶失龙头望……忍把浮名，换了浅斟低唱。"他用心、用情、用泪，给饱受欺凌的百姓写词，写得堂堂正正、坦坦荡荡，因为他们欣赏他的词。皇帝不喜欢他的词，权贵不喜欢他的词，让他们统统见鬼去吧！他的词在街头巷尾传唱着，在茶楼酒肆传唱着。

"凡有井水处，皆能歌柳词。"一个人的词如此受欢迎，让那些自认高明的词人们感到困惑和恐惧。于是就有人将那首《鹤冲天》捧到仁宗面前。仁宗越读越不是滋味，特别是那句"忍把浮名，换了浅斟低唱"，刺得仁宗的心阵阵发痛。

又一年科考时，新科进士的名额已定，只等皇帝圈点放榜。仁宗手持名册簿，沾沾自喜：又有一大批文人要为我大宋朝所用，说白了就是为我宋仁宗所用。其实这些人是最容易对付的，只要给他们点甜头，就会乖乖听使唤。这甜头就是……宋仁宗甚至想哼几句小曲了。忽然，"柳永"两个字跃入眼帘。几年来多少人多少次提到这个名字，并在这名字后面加了多少贬义的词语，他记不清了。他会写什么词？他的词只能坏我的兴致。仁宗顿时龙颜大怒，拿起御笔一挥，就抹去了那个令他讨厌的名字。他觉得还不够解气，又在一旁批道："且去浅斟低唱，何要浮名？此人且填词去。"敢对我发牢骚，我让你一点甜头也尝不到。

命运为什么如此安排？文才和命运从来都是不协调的，如屈原、如曹植、如杜甫。也许正如后人所言"词名误了功名"，也许什么也不因为，因为他是柳永。他意识到了自己的对手是谁，是那一群士大夫，还有高高在上的皇帝！

金榜题名宣告与他无缘，幼时的仕途之梦化为泡影。他还剩下什么呢？只有他的词。只有在词的世界里，他才能记起自己是柳永。他无所求、无所挂牵，心里装的只有词。他写得如痴如醉，写得潇潇洒洒。

一个人完全选择了词，完全抛却了现实生活，一定是贫困的、落魄的。他在生活的夹缝里艰难地挣扎着，他的善良和爱恨只能躲在文字和酒里。

面对柳永的倒霉，那些"伟大"的词人们笑了，那位至高无上的皇帝笑了，笑得很灿烂。柳永啊柳永，你活得好寒碜啊。你不是很能作词吗？哈哈。

有一天，或许宋仁宗还喝了点酒的，他突然觉得这样还不够刺激，为什么不捉弄那柳永一下呢？于是，五十一岁的柳永就中了进士，却只授屯田员外郎，七品。宋仁宗给柳永出了一个两难的问题：若不赴任就是抗旨，如若赴任则是嘲弄。好一个柳永，又把两难的皮球踢给了宋仁宗：官我是当了，却当了个稀里糊涂。治我罪，你不仁不义；不治，你硌得慌。我柳永不会因官瘾迷了灵魂，不如有的人不惜把马屁拍得精湛。

想到柳永，宋仁宗笑了笑，摇摇头，又叹了口气。

一个阴冷的日子，有人给宋仁宗报告一个消息：该死的柳永，他，死了。这个潦倒的酸文人，无妻无室无儿无女无下葬的银两。死得像一阵萧瑟秋风，凄凄惨惨戚戚。然而，谁能想得到呢？丧事竟办得很隆重很气派，京城一片缟素、满街哀声。

宋仁宗嘴角的得意渐渐隐去，取而代之的也是一片缟素。耳边风中又传来讨厌的柳词，隐隐约约，朗朗清清，是《蝶恋花》还是《雨霖铃》？

韩信回乡

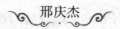

邢庆杰

公元前202年，韩信被封为楚王，带兵回到淮阴。

人马全部安顿好后，韩信决定抽时间去办点私事。

他先想的是报仇，把当年那个羞辱他的屠夫碎尸万段。

那一天，韩信带着几个随从，来到那个屠夫家里。屠夫早就知道当年他胯下的"小儿"已经被汉王拜了大将军，先封了齐王，又封了楚王，如今是汉王的重臣了。自从韩信的大军进了淮阴，他就一直惶惶不可终日。

韩信一进他的院子，屠夫就从屋里跑出来，跪趴在尘土里。

看着当年让自己蒙受了奇耻大辱的仇人，韩信恨得牙根都痒痒，一时竟不知道怎么杀他才能解心头之恨。要知道，就因为受了这个人的胯下之辱，韩信的求职之路多费了多少周折呀！不但项羽瞧不起他，刘邦起初也因为此事瞧不上他，若不是萧何拼死力荐，弄不好韩信至今还是无业游民。更加可气的是，即使现在韩信已经贵为大将军、楚王了，一些敌人和对立派，还动不动就拿他当年钻裤裆的经历作为把柄，残酷地打击他、刺激他。

这个屠夫给韩信的人生打上了一个终生无法消除的耻辱烙印。

怎么弄死他才解恨呢？

韩信正这样想的时候，就见屠夫的门口，有个女人露了一下头，接着缩了回去。虽然只是惊鸿一现，但那个女人的清丽还是被韩信收在了眼底。

韩信大喝一声："什么人敢偷窥本将军？出来！"

那个女人哆哆嗦嗦地出来了，跪在了韩信脚下。

韩信在内心深处赞叹了一声，真是国色也。

韩信问："你是什么人？"

屠夫接过话来说："回大将军，这是内人。"

就在这一瞬间，韩信忽然改变了主意。

韩信忽然笑了，笑得非常灿烂。

韩信说："你们都起来吧，若非当年所赐胯下之辱，岂有今日之韩信？韩信此来，并非寻仇，而是报恩，这样吧，你也不用再杀猪了，就到我帐下效力吧。"

韩信让屠夫在他手下当了一个中尉。

此后的几天，韩信不理军务，每天都到那个屠夫家串门，门口有四个护卫守着，不让别人进来。

每日，韩信都和那女人说些打仗时发生的奇闻趣事，女人听得很高兴，敬茶倒水，眉目含情。而韩信却严守君子之道，不曾越雷池半步。

有一天，屠夫回家，却被韩信的护卫拦住了，在门口足足等了一个时辰，才见妻子满面春风地送韩信出来。

韩信走后，屠夫质问妻子："大将军和你在屋里做了些什么？"

妻子如实回答："大将军只是喝茶说笑，未曾做过什么。"

屠夫不信，却又不敢拷问妻子，怕韩信知道了降罪。

第二天，屠夫就求见韩信，跪在地上说："内人承蒙大将军垂青，如将军不弃，小人愿将她献与大将军。"

韩信大怒，呵斥道："你当我韩信是霸人妻眷的恶人吗？"

屠夫便不敢再言。

那一段时间，韩信的大军一直在淮阴休整，没有战事，军务也不繁忙，他

就频频地去屠夫家串门。

屠夫感觉到周围的人开始对他指指点点了。不只是军内的将士，就连处了几十年的街坊邻居也向他投以鄙视的眼光。有一天，他手下的一名军士喝醉了酒，竟然将一顶绿帽子直接扣到了他的头上。

这屠夫也是一条响当当的汉子，哪曾受过这样的侮辱，就和那军士打了一架，不想那军士看似弱小，却是久经沙场的老兵，游刃有余地将他戏弄着打了一顿，他只好在众人的嘲笑声中灰溜溜往家走去。

屠夫到了自家门口，护卫却不让他进。争执之下，几个护卫又将他摁在地上暴打。偏偏在这时候，他的妻子又满面春风地将韩信送了出来。

屠夫多年来一直称霸市井，如今在妻子面前被打得狼狈不堪，悲愤交加，当晚就抑郁而亡。

就这样，韩信把他的仇人给窝囊死了，从此再也没有登过他的门。

韩信接着又去寻找当年多次周济他的"漂母"报恩。几经周折，他终于找到了当年经常拿食物给他吃的那个女人。

不想，那女人不搭理他，对他奉上的金银也不屑一顾，说是当年周济的人很多，早就忘了韩信是谁了。

当年食不果腹的市井混混韩信，自被汉王拜了大将军，早已名满天下，更被淮阴人引以为豪，淮阴上至官宦士绅，下至平民百姓，有哪个不知？

漂母竟不屑一顾。

这让韩信非常郁闷。

宿　命

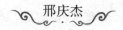

邢庆杰

　　柳四爷一看这满桌子黄澄澄的金子，就知道自己的死期到了，不由得心里一阵悲凉：自己刚刚四十过五，怎么就摊上了这档子事呢？

　　柳四爷是今儿一大早被几个小匪从被窝里掳来的，说是给他们卧虎山大当家的干活儿去。柳四爷心里虽然害怕，但知道也不至于送命。前年，卧虎山的压寨夫人生孩子，就是从柳四爷的村子里请的接生婆。听人说，那接生婆不但毫发未伤，还带回了成匹的绫罗绸缎。

　　柳四爷是当地有名的金匠，他原以为，土匪让他上山，无非是给女人打个钗呀坠呀项链呀，或给匪崽子打个项圈金锁什么的。他做梦也想不到，摆到面前的，竟是这么一大堆的黄金。这些黄金全是成品，除了女人孩子佩戴的金首饰外，还有金佛、金香炉、金碗等，五花八门，一看就不是正路上来的。

　　卧虎山大当家的绰号"下山虎"，黑脸，长一脸大胡子，虎背熊腰，说话声音不高，但掷地有声。他盯着柳四爷的眼睛说："柳四爷，今儿要辛苦你了，这些金货，要全熔了，打成金条。"

　　说着，将一根沉甸甸的金条扔在了柳四爷面前的石桌子上，金条发出一声脆响，然后剧烈抖动着，发出嗡嗡的鸣响。少顷，才安静下来。随着那声响，柳四爷全身剧烈地颤抖起来。

　　柳四爷开始磨磨蹭蹭地支炉、起火、熔金。他明白，金条打完之日，就是自己离开人世之时。金匠行里，只要谁接了大活儿，在世的日子就要按天数算了，活儿干完，人必死无疑。这是金匠行不成文的百年魔咒，已经被很多同行前辈验证过。柳四爷的父亲是被县衙门接走的，那一年，父亲已经年近六十。柳老爷子在县衙门待了七天后，被送了回来。接走的是活生生的人，送回来的，是一具僵硬的尸体，说是中毒身亡。当然，和尸体一同被送回来的，还有一份厚礼。柳四爷的师叔，是被县龙盛商行的朱老板派人接走的，在那里整整待了十天。后来，就有人回来报信，说是他忽然得了"失心疯"，自己跳崖摔死了，连尸体都没找到，估计是让野物给祸害了。最后，龙盛商行赔了一大笔钱。

　　"下山虎"每天都要来柳四爷干活儿的山洞里看几眼，见柳四爷干得很慢，也不催促，临走说一句，你尽管慢慢干，咱不急。

　　尽管柳四爷干得很慢，但到了第十五天上，还是把金条全部打成了。几百锭光灿灿的金条整齐地码在石桌子上，煞是灿烂。

　　"下山虎"看了看这些金条，又看了看柳四爷，笑了："柳四爷，真是名不虚传哪！来人！"

　　柳四爷的脸当即就白了。

　　却见一个小匪，手托着一个木头托盘呈了上来，托盘上面平展展地铺着一块红布，红布上面摞着高高的两摞子大洋，足有一百块。

　　柳四爷疑惑又胆怯地看了"下山虎"一眼，不知他葫芦里卖的什么药，没敢接。

　　"下山虎"亲自用红布把那大洋包了，递给柳四爷，并笑道："柳四爷活儿干得地道，咱这当土匪的也讲究讲究。一点儿小意思，请笑纳吧。"

　　柳四爷迟疑地将大洋接了，仍然不敢相信这是真的，颤颤地叫了一声："大当家，我……"

　　"下山虎"忽然就明白了，哈哈大笑道："柳四爷是吓坏了吧，咱这里没那些丧良心的破烂规矩，山下的有钱人，无论官商，都有见不得人的鬼勾当，怕露馅儿。咱是他娘的土匪，咱连官兵都不怕，难道还怕有人听了信儿，上山来抢咱的金条不成！"

言罢，仰天一阵狂笑。

柳四爷这才明白自己确确实实是捡了条命，当即谢过"下山虎"，就急匆匆地往山下奔去。

"下山虎"在后面喊，不用跑这么急，咱是大老爷们儿，说过了的话，不会反悔的。

柳四爷好像没有听见，仍然逃命般向山下跑。

下了山，在进镇子的路口，正遇上赶脚的陈二狗。柳四爷说："陈二，快扶我上驴。"

陈二狗一边将柳四爷扶上自己的毛驴，一边说："唉，柳四爷今儿怎么豁得出去了，舍得雇驴了？"

柳四爷说："少说没用的，快送我回家。"说完，就双手捂胸，趴在了驴背上。

陈二狗见状，以为他病了，就紧抽了几鞭子，小毛驴快跑起来，不消一刻，便将柳四爷送到了家。

柳四爷进门一看，院子里正有人给一口棺材上漆，而他的女人孩子，都已经披麻戴孝了。众人见了他，先是一惊，后都纷纷围上来问："四爷，你竟回来了！ 你怎么活着回来了……"

柳四爷双手分开众人，进了屋，往炕上一躺就对女人说："快把人都赶走，关门落锁。"

等屋子里只剩下自家人时，柳四爷黯然说："我以为这一去必死无疑了，谁知，那'下山虎'竟放了我。"

女人和孩子们围在他面前，都一脸的惊喜。

柳四爷叹一口气，眼泪便下来了。他哽咽着说："可是，我还是没命活，

我……我不该,在最后的一天,吞了一大块黄金呀……"

言罢,口中狂喷鲜血,气绝而亡。

屋门发出一声巨响,闯进来四个一身短打、手持短枪的小匪,为首一人走上前来,对女人说:"奉大当家之命,一来吊唁,二来取回山上的东西。"

言罢,那小匪持一把牛耳尖刀,在柳四爷的腹部插入,一旋,一挑,一块小孩拳头大、沾满鲜血的金块,就跳到他的手上。

女人和孩子们都吓傻了,一声都没吭,一动都没动。

那持刀的小匪一招手,几个人同时消失了。

来莺儿

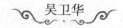

吴卫华

东汉末年,帝都洛阳里最负盛名的歌舞伎是来莺儿,此女仙姿玉喉倾城倾国。

"挟天子以令诸侯"的曹操,应酬宾客时自然少不了官面排场,就算自我消遣时也少不了歌舞宴饮,来莺儿的歌舞班子,也就成了一代枭雄曹操的御用班子。

生逢乱世,来莺儿随着曹操东征西伐,在军戎倥偬间,为曹操歌舞弹唱,在兵血战火尸骨累累的背景下,暂作醉生梦死。来莺儿深得曹操的喜爱,但曹操毕竟是一代枭雄,终日忙于军国大计,不以儿女情长为重,加上身边美女环绕,免不了对来莺儿有些冷落。

王图是曹操身边的一个侍卫,相貌英俊,身材挺拔,为人机敏,因为常在曹操身边,和来莺儿见面的次数比较多,有些受冷落的来莺儿,慢慢接受了王图递来的绵绵眼神,两人常背着曹操眉目传情。而这一爱,便觉无法收拾,来莺儿的歌舞里便有了烈火焚身、弦断音绝的韵味。

一次,曹操派王图带领人马深入敌人内部打探情况,这是不很危险的任务,极有可能有去无回,王图前去跟来莺儿告别,来莺儿当晚把王图留宿在她的住处,她整夜拥抱着情人,一刻不舍放开。两人极尽缠绵,心里充满了无限依恋,以致王图错过了曹操令他深夜出发的时辰。

王图延误军机,曹操大怒,要依军法处死王图。

来莺儿闻讯急忙跑来跪伏在曹操面前,请求代王图受死。

曹操十分惊讶来莺儿的举动,来莺儿坦然说出和王图的私情,并且说:"王图若不是因为我的缘故,也不会错过时辰,罪责在我,您要是处死了他,我又怎么能安心地活着呢?"

曹操听后颇为感动来莺儿对王图的情义,说:"你要是能在一个月内训练出一个能代替你的歌舞班子,我就许你代王图去死。"

来莺儿在一个月内竟真的训练出了一个出色的歌舞班子,尤其是其中有个叫潘巧儿的,更是出类拔萃,歌舞与来莺儿不相上下。

训练结束后,来莺儿再次到曹操面前请死。

曹操心里怜惜来莺儿,问她:"你想不想见王图一面?"

不料来莺儿断然道:"我代他死,就表示与他的感情结束了,不求见。"

曹操只好说:"先等我放了王图吧。"

曹操让来莺儿藏身在屏风后面。

曹操传见王图,说:"来莺儿愿代你死,你有什么话对她说吗?"

这时曹操心里要成全两人做一对夫妻,哪知王图疑惧曹操,忙不迭地说:"我和她只是逢场作戏,哪有什么真感情。"

曹操听了十分愤恨,长叹道:"痴心女子负心汉啊!"然后把王图逐回故乡,永不录用。

曹操对屏风后面的来莺儿说:"王图如此负心薄幸,你还要为他去死吗?念你训练有功,免你死罪。"

来莺儿神色黯淡,却不肯接受曹操的恩惠。

她说:"纵使王图不负我,日后我又怎能从容面对您呢? 况且军中无戏言,我只求一死。"

说完来莺儿转身平静地走出去。

看着来莺儿单薄的背影,曹操流下了眼泪。

乞 帅

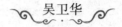

吴卫华

天宝十四年十一月，手握重兵的三镇节度使安禄山反自范阳，率精兵十五万攻城略地杀向长安。

由于中原已多年没有战事，内地府兵制懈坏、兵力空虚，致使很多郡县无兵可用，毫无应变准备，地方官吏闻叛军将至，或弃城而逃，或开门出迎，叛军没有遭遇什么抵抗就占领了许多地方。

大唐粮财基地江淮的门户睢阳，在张巡的固守下，像枚钉子一样死死地钉在叛军南下的要道上，硬生生地粘住十三万叛军。

睢阳早已城门死闭、兵不出战两个月了，大唐的旗帜在城头上悲壮地呼救着。谯郡大帅许叔冀，临淮的河南节度使贺兰进明，虽在睢阳近旁，却漠不相救。

张子奇的叛军早已习惯了睢阳城的死守，就像一个想吃烫山芋的人，在耐心地等那个灼手的山芋凉下来，他们想不到城内突然会有五十多精骑突然冲杀出来。

为首的南霁云神弓怒张，每发一箭必贯穿敌军两三人，敌军数万人围截五十多人，却被南霁云的神箭硬生生射开一条通道，直奔离睢阳最近的临淮求救去了。

河南节度使贺兰进明看完张巡言辞恳切的求救信后,再看看血满战袍的南霁云,有些奇怪,睢阳一座孤城,凭什么在十三万叛军的围攻下能固守不破。

张巡自雍丘一战成名后,大受新皇帝肃宗的褒奖,官职连提,都提至河南节度副使了,如果守城再成功,岂不越过他贺兰进明了?

贺兰进明那张向来喜怒不形于色的脸上,勉强挤出些同情的样子:"南将军一路辛苦了,恐怕这时睢阳已经被叛军攻破了,我纵然发兵借粮,也于事无济了。"

南霁云看他无意相救,不由悲愤难忍,流下泪来:"睢阳死守待救,望眼欲穿,如果霁云空劳大人发兵,我愿以死向大人谢罪!"

贺兰进明不为所动:"我职守临淮,怎敢虚城而出。"

南霁云越发悲愤:"睢阳和临淮如皮毛相依,睢阳要是被灭了,叛军必然转攻临淮,大人怎能不救?"

说完放声大哭,声震屋瓦。

贺兰进明并不关心睢阳的安危,他甚至期望张巡被叛军砍下人头,但他喜欢上了南霁云的赤忠神勇,想留为己用:"南将军勇武过人,我深为敬佩,请先用饭,再做他议。"

贺兰进明不仅盛宴款待南霁云,还让他的将领和幕僚作陪。

众人入席,贺兰进明向强忍悲愤的南霁云笑说:"我这儿有一个长安的乐伎,弹得一手好琵琶,待我唤出给南将军弹奏助酒兴。"

当贺兰进明口中的那个长安乐伎怀抱琵琶走进来时,南霁云根本没抬头,他瞠视着满桌菜肴,胃里却在一阵阵地痉挛。

清脆铿锵的琵琶音传进了南霁云的耳里,他心里一震,抬头看那乐伎,那乐伎兀自低着头专注于弹奏琵琶。

琵琶声清冷欲绝,如伊人渐行渐远,又似黑云越聚越多,忽转激烈繁急,弦弦作金戈撞击声布帛撕裂声,让人听了血脉贲张又悲怆郁愤。那乐伎弹奏的竟是《霸王卸甲》。

贺兰进明给南霁云夹菜："南将军很久没有吃上饱饭了吧，请开怀尽量。"

一句话说惨了南霁云，他黑血上涌，悲极大哭："我来时睢阳城里已经一个多月没见一粒米了，城内百姓易子而食，今天我就是想吃这丰盛的美餐，又怎么能咽得下去啊！你坐拥强兵粮米丰盈，却没有一丝一毫分灾救难的怜悯心，这是忠臣义士的行为吗?！"

说着将一根手指放进口里，怒目发狠睚眦裂血，齐根把那手指咬下，放到贺兰进明面前，说："我不能为睢阳求得一兵一卒，留此断指作为我曾到你这儿求援不得的血证吧，我这就回去和守城的将士一同赴死。"

一时指血、泪血如泉涌出。

贺兰进明的将领和幕僚，都被南霁云的忠烈感动得流下眼泪，但没有一人挺身出援。

这时，一声尖锐刺耳的拨划，乐伎怀中的琵琶丝弦齐断，断弦披拂垂颤，犹有弦音。

贺兰进明看着面前血淋淋的断指，骇得变了脸色，强笑说："南将军何苦如此，睢阳必破，你回去又有什么益处，不过白白送死，不如留在临淮，仍能为朝廷出力。"

南霁云指着贺兰进明怒极反笑："你也食唐家俸禄，却见死不救，与贼子何界！"

贺兰进明愠怒地沉下脸子："我职守临淮，不敢妄分一兵一卒与外人。"

突然，哐啷一声大响，把众人吓了一跳，循声看去，却是乐伎把怀中琵琶掼在地上，她挺立当地，用手一一指了贺兰进明和那些将领、幕僚怒说："你，你，还有你，全无一个是男儿！"

贺兰进明想不到连个下贱的乐伎也敢指责他，大是羞恼："放肆，这儿哪有你说话的份儿。"

乐伎连连冷笑："贺兰大人，你们怕死，我倒愿随南将军去睢阳杀敌。"

贺兰进明的肺都要气炸了："好好，你去杀敌，让那些夷蛮胡种把你剁成泥去吧。"

临淮的城门冷冷地洞开着，南霁云和两骑乐伎并驰在青森森的石板道上，将出城门时，经过一座寺庙的大佛塔，南霁云在马上抽箭回射，那箭嗡然劲鸣，直没入佛塔砖中一半，南霁云戾然长笑："破贼后必灭贺兰，留此箭以做标志！"

睢阳城外的叛军营盘，一个挨一个密密麻麻，内外宽足有数里，其中壕横栅立，牢牢地将睢阳围成一座死城。

南霁云手提一丈长的特号大陌刀，遥指前面的敌营，对乐伎说："能杀得进去，可能再没有机会出来，你现在后悔还来得及。"

乐伎心凉如水地看一眼绵绵不绝的敌营，笑容惨淡地说："耻于偷生，愿随将军赴死。"

南霁云纵声笑赞："又一真英雄！"

说完持刀跃马杀入敌营，乐伎舞着双剑紧跟在后。

敌军在张子奇的指挥下潮水样涌来，几要淹没南霁云两人。南霁云奋起神力，长刀过处人头纷落残肢乱飞，他又暴喝如雷声震敌胆，无人能阻他去路，敌军眼睁睁看他翼护着乐伎直驰睢阳城下。

张子奇气急败坏地命令弩箭手："放箭，不许一个活人进城！"

箭若蝗至，铺天盖地地飞向南霁云和乐伎。

乐伎本来和南霁云并马同驰，眼看万矢齐发，两人正在射程内，乐伎纵身飞落到南霁云马背上，自后紧紧抱住南霁云的腰，急急促令："千万别回看，快快进城！"

南霁云狂策战马，跑到护城河边，等不及城上放下吊桥，双腿一夹马腹，那马极是神骏，竟从又宽又深的护城河上一跃而过。

守城的兵士急急打开城门，南霁云走马入城。

守城的兵士刚刚闭上城门,那匹跟随南霁云多次立下战功的骏骑,还没走出城门洞就倒地暴毙了,马屁股上箭矢如簇,乐伎的后背上更是箭矢密布,整个人都被射成了一个大刺猬,犹自死死抱着南霁云。

南宋一匹战马的生与死

吕啸天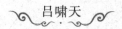

　　我出生在一个苟且偷安的耻辱年代,失去血性的南宋王廷注定将制造许多历史悲剧,我也无法幸免。靖康一年三月,我出现在临安北郊的一个马营里。作为名马之后,外形俊美的我更有着超强的体质,愈是身处险地我愈是神勇,就是负伤作战也无所畏惧。我被起了一个寓意置之死地而后生的名字——绝地。

　　康王赵构在应天府建立了南宋王廷的时候,我走出马营来到了兵营。战场才是名马向往的场所。我的第一位主人名叫李马,领兵镇守在黄河北岸的这位忠臣之后,有着一颗尽忠报国的热心和雄心。赵构统领的南宋王朝面对大金国的弯刀吓得浑身发抖,割地进贡民脂民膏的屈辱在宋廷眼里是顺理成章之事。眼看山河破碎,百姓生活在水深火热之中,而朝廷却一味妥协退让,李马心如刀割,常常面对奔腾万里的滔滔黄河之水暗中起誓,有朝一日是要随军挥师北上,痛杀贼寇收复河山。

　　在弱肉强食的乱世政治生态中,依靠退让妥协求得苟且偷安的想法是不堪一击的。被宋国进贡的民脂民膏喂肥了金人,也撑大了他们的胃口,挥师南下鱼肉宋国百姓、掠夺更多的土地最终把整个宋国吞并,是金国始终推行的罪恶战略。

金国的铁蹄踏破应天的城墙,正在后宫赏艳舞习书艺的赵构唯一的选择就是仓皇出逃。贪生怕死慌不择路的赵构来到黄河北岸,成了真正的孤家寡人。我的主人表现出了忠良之后舍生救主的本色。他把赵构藏在芦苇丛中,骑着我把一股强敌引开。我本来可以飞速奔跑的,李马为了引开强敌却故意放慢了速度,疯狂的金兵如狼似虎猛放利箭,我的后臀中了三箭,一时血流如注。我非常理解李马救主心切的忠勇之心,我也展现出了名马绝地的本色,忍着剧痛一路狂奔,把引开的金兵彻底甩掉。

重新回到赵构的藏身之处,李马找来了一只小船把赵构运到了黄河的南岸。在上船之前的那一刻,赵构做出了一个令李马无法理解的举措,让李马把受伤的我推进了滔滔的河水之中。我不知道赵构此举背后还藏着一个不可告人的阴谋。我流了泪,再看了一眼主人。我知道他的遭遇肯定会比我更惨。君命难违,万分不舍的李马把我推进了黄河之中,瞬间我就被河水所吞没。

临安成了王廷新的倚身与偷安之地,脱了险的赵构没有知耻而后勇,而是挖空心思制造自欺欺人的悲剧。他把李马召进后宫赐了一杯酒之后,我的主人从此再也无法说话,酒里加了哑药,这只是悲剧的开篇。赵构为了神化他是真命天子、时时能得到上天神助,刻意隐瞒事件真相,捏造出了"泥马渡康王"的故事版本。我的主人正在为我的死而难过的时候,李马再次被召进宫里,赐给了第二杯酒。喝了毒酒的李马至死也无法明白自己舍生救君竟遭君主赐死。皇恩浩荡很多时候只能是一种幻想。

我的第一位主人遭遇不测的时候,我正在一位农户家中疗伤。滔滔河水没有把我吞掉。我被冲到下游,一位好心的乡民把我救了起来。伤愈之后我重新回到了战场,我的第二位主人就是声名赫赫战功卓著精忠报国令金人闻风丧胆的岳飞将军。

这是我作为名马最宝贵的岁月。能文善武胆识过人的岳飞,带领大军一路挥师北上,直捣金人心腹之地黄龙。所到之处金人闻之色变,南宋在这

个时候才恢复了血性。作为乱世帝王，赵构能拥有岳飞这样能文善武的战将，那是他最大的幸运；作为骁勇将军，岳飞遇到赵构这样昏庸而又残忍无比的帝王，那是他作为人臣的最大不幸。奸臣弄权、君王昏庸，带给在外的将军的始终是危险。

风波亭上，"莫须有"的罪名就使一位精忠报国的大将军含冤被杀害。"天日昭昭"，岳飞将军临刑之前发出的悲愤呼喊和无奈的抗争，千年之后仍然令人扼腕悲叹。

帝王总是要求臣子永远忠心，但是帝王为了一己之私一己之欲，诛杀忠臣时却从来没有手软，这是怎样一种君臣伦理纲常？

悲痛万分的我不吃不喝流尽了眼泪。自古以来都说宝马配英雄，英雄已死，宝马又何必苟活于人世？我纵身跳进了滔滔不绝的黄河之水中，世间从此再无绝地宝马。

无中生有

吕啸天

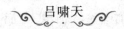

　　北宋庆历二年，西夏国派呼延突率十万大军屯兵于延州关外的虎狼山下，不断骚扰边民，对中原虎视眈眈，构成了极大的威胁。

　　仁宗皇帝拜狄青为将，率军前往边塞，解延州之危。狄青幼读兵书且习武，善武能文，胆识过人。康定元年，狄青随陕西经略安抚副使范仲淹往耀州，途中，碰到两名满脸是血的边民。一问才知道，他们遭到了三个西夏士兵的袭击，被打破了头，并且刚收割的粮食也被抢去。狄青大怒，率一百骑兵前去追击。追了数十里路，终于追上。狄青扬起宝刀，杀死两人，将另一名西夏士兵活擒。

　　得手回营，突然发现有数千西夏骑兵向狄青迎面而来。西夏兵发现了狄青，但见狄青仅有百余骑，以为是诱敌的前锋，故不敢轻易出击。于是令军队摆开阵势，观察宋军的动静。

　　骤然见到大批敌兵，狄青的骑兵非常恐慌。狄青沉着地分析："我军仅有百余骑，离大营有数十里。若慌乱逃跑，西夏兵肯定会来追杀，那将会导致无人生还。当今之计，只能'无中生有'，若我军按兵不动，敌军定会疑我军有伏兵。"

　　狄青果断地下令骑兵前进二里余，然后下令："全部下马！"狄青还指挥

士兵，摘下马鞍，悠闲地躺在地上休息，让战马在一旁吃草。

西夏部将甚奇，派一名军校出阵去查探虚实。狄青立即跃上战马，冲杀过去，一刀将军校斩于马下。得手后又回到原地，下马继续休息。

西夏部将见此情形，甚慌。见狄青胸有成竹，猜想附近肯定有伏兵。天黑时分，西夏兵见宋军依然在休息，担心遭到宋军大部队的突袭，于是慌忙撤走，狄青率百余骑安全返回大营。范仲淹称赞他巧用"无中生有"之计，向仁宗举荐：狄青是难得的将才！

狄青镇守延州后，一面加强军队训练，一面在延州周围构筑防御工事，下令全军将士只守城，不出击。士兵闻令，心中暗暗高兴。因为西夏自元昊称帝以来，宋朝调兵遣将进行讨伐，都因事起仓促，将不知兵，兵不知战，数战宋军都以败北收场。宋军已有厌战的情绪。

这一日，狄青在校场督训。士兵来报，有三位边民求见。狄青令人将边民带至校场。三位边民都已上了年纪，头发花白。一进校场，三人跪在狄青面前说："狄将军，救救我们！"

狄青将三人扶起来，问："何事如此？"

三位边民说："昨天夜里，十余名西夏兵闯进我们的家里，将我们的麦子全部抢走。那是我们辛苦一年才收到的果实啊。眼下就要过冬了，没有粮食，我们怎么活啊？"

狄青令士兵扛来三袋粮食，对三位边民说："本将令人把这几袋粮食送到三位家中，救急。"

三位老人却齐声说："狄将军，你送我们粮食，我们也不敢要。"

狄青问："为何？"

三位老人说："你把粮食送到我们家中，西夏兵定会来抢。我们来营中不是求乞粮食，而是请将军发兵攻打西夏。只有赶走西夏军队，才能保全我们的家园啊！"

狄青长叹一声对三位老人说："本将何尝不想消灭西夏军队？只是时机

未成熟。不信,可以问问三军将士。"

言毕,狄青传令三军将士聚合,问:"我们现在出发与呼延突的军队决战,如何?"

三军将士虽脸有怒色,但无一人应战。

三位老人痛哭而去:"军队无能,我们只能沦为难民。"

过了数月,又有十余位边民来报,家中粮食被抢,房屋遭毁,有五位边民在反抗中被打死,请求狄将军发兵攻击西夏军队。

狄青照例聚合三军,问:"是否出战?"

三军将士有过半人应声道:"我们不忍心看着百姓被杀害,家园被毁,我们愿意出战。"

狄青说:"西夏军队兵力胜我,而我军请战者尚少。此时出击,哪有胜算的把握?"下令仍不战。

又过了数月,军营来了十几名老妇人。她们号啕大哭着诉说,西夏士兵将她们如花似玉的女儿抢去了。女儿是她们的心头肉,没有女儿,她们生不如死。此刻她们的女儿在西夏营中遭受残暴的蹂躏,请将军出兵救出她们的女儿。

妇人话音刚落,三军将士一齐跪下,个个义愤填膺,说:"请将军下令,我军誓与西夏军队决战!"

狄青说:"西夏军队欺人太甚,杀我百姓,抢我粮食,毁我家园,欺我妇女,本将早有灭其之心,怎奈敌军兵众,若轻易出击,反遭其毒手。现三军将士同心协力,誓死保卫家园。此时不出战,更待何时?传本将号令,定于今夜出击!"

当天夜里,狄青率三军突袭敌营。因连月来,宋军按兵不动,西夏军队以为宋军怯战而放松了警惕,被同仇敌忾、士气高涨的宋军杀得大败。两万余人被杀死,呼延突率残部逃回西夏,数年不敢再犯边境。

收兵后狄青论功行赏。狄青说:"那数十位前来求助的边民当记头功。"

众将士愕然。

狄青说："此役能击败西夏贼寇,全凭高涨的士气。为激励士气,本将想出了一个'无中生有'之计,即每隔一段时间令边民前来求助。其实那数十位边民家园完好,女儿亦未被劫,只是他们做得逼真而未露破绽而已。本将这般行事,也是迫不得已,请将士们能予体谅!"

三军将士都钦佩地说："将军用心良苦!"

临街的窗

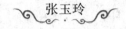
张玉玲

　　远处有嗒嗒的马蹄声传来，她把目光投向窗外，果然，就看到他乘坐的锦车从远远的甬道尽头驶来，越来越近。她看着他被侍卫扶下车，然后他径直来到了她的面前。

　　他的周身散漫着平静与从容，一如十年前。她看他的眼睛，从那里看到了爱，也看到爱以外的某种东西。

　　她问："一切都好吗？"他答："好。"却分明地，有一种东西，像镜中的雾，无法触及，又无法驱除，就那样绕在他们之间。

　　半天后，他就要走了。此时的他，还有很多更重要的事情要做。走时他说："我很快就回来。"

　　他走后，偌大的庭院中，静得可以听到花开的声音。

　　她坐在窗前，远远地望着甬道的尽头。

　　她的面前有一束红百合，插在一个青玉花瓶中，还带着珠珠晨露。

　　她想起苎萝村外浣纱溪边的马蹄莲，蓝色的。在母亲浣纱时，她总会跟了去，采一大把，放在母亲浣纱的篮子里。母亲的竹篮旁，她看到通身红色的鱼，游在水中她的影子里，她总是想伸手去触摸那些快乐的精灵，她看到母亲的笑容，那时候的她是个快乐无忧的女子。

她的无忧止于突然间出现在她面前的他——越国大夫范蠡。

是范蠡凝重的神情让她知道,作为越国最美丽的女子,除了和她的姐妹们一样在浣纱溪边浣纱采花、捕捉快乐外,她还有更重要的事情要做。于是在那个夏天即将结束的时候,她跟着他离开了苎萝村。她在越王给她准备的深宫中,苦练歌舞、礼仪,从那时候开始,她特别渴望面前有一扇窗。可是,只有厚厚的宫墙,把她禁在歌舞中。三年后,越王给她制作了最华丽适体的宫装,把她送到了吴王面前。从此她的身上承载着另一种使命。

在吴王为她修建的馆娃阁里,远远地听到外面传来的声音,她只是轻轻地叹了一下。她知道,作为一个皇家的女人,除了宫殿,一切都离她很遥远。后来她竟然真的看到一扇窗开在她的面前,这让她在国仇家恨中,竟对吴王生出几分感激来。在那扇窗前,她看到骑着红鬃马的少年从窗下经过,看到浣纱归来的女子手中的提篮。她喜欢那市井里的一切,像夏天的阳光洒进窗来,同样带给她暖暖的感觉。那时候她真想走到窗外去,跟随那浣纱的女子走到溪水边——她本就来自市井。可那时的她穿着木屐,裙系银铃,她要跳响屐舞,让吴王如醉如痴,沉湎在"铮铮嗒嗒"的回响声中,忘记一切,这才是她必须做的。

如今她被范蠡接回了越国,一切都是他们预料中也计划好的。越王和他的子民们欢呼着,庆祝着成功。可是这一切仿佛与她无关,她只在远离他们欢歌笑语的这扇窗前,把自己开成宁静而思绪万千的莲。

插在瓶中的红百合花开始枯萎了,她不必担心,每天清晨都会有人给她换上一束新采来的、带着晨露的红百合。

嗒嗒的马蹄声再次传来,她看到他乘坐的锦车从远远的甬道尽头驶来。面前的他,平静与从容中带着疲惫。

他说,有人在朝上给大王提议,要为她修建苎萝宫。

她却常常想起吴王夫差为她建造的馆娃阁,还有馆娃阁中专为她筑的"响屐廊",用数以百计的大缸,上铺木板,她穿木屐起舞,裙系小铃,铃声和大缸的回声"铮铮嗒嗒"交织在一起。当她真正沉溺其中、愿意快乐地为他跳舞时,她却蓦然发现,一切都结束了。

她的窗外是充满喜悦的越国臣民,人们都知道她住在这里,也知道她曾经住在吴国的皇宫里,人们偶尔把目光投向她富丽堂皇的窗口。他们都感恩于她十年的忍辱负重和以身许国。这快乐和感恩让她回忆,让她在回忆中陷入无法承载的悔恨中。

"夫差!"她喊。

她走下阁楼,走在窗外的甬道上。她回头最后看一眼那扇窗。

越国城外的江边,一个美丽绝伦的女子面向吴国的方向,伫立很久以后,缓缓地走进了滔滔的江水中,再也没有回头。

白露未晞

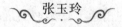

张玉玲

学堂里新来的女先生是外地人，约莫二十岁的年纪，亭亭玉立，不施粉黛，却独有一种如莲般的清韵。

女先生的名字唤作白未晞，如此温婉脱俗的名字，一如她的人，渐渐成了学堂里最动人的音符。

女先生住在学堂旁边的一间小屋里，陈设简单，却布置清雅。小屋的窗外有一株樱花树，樱花绽放的时候，长身玉立的男子倚在树上，墨玉似的眸子望着她笑。

之后，他常常来看她教书。怕影响她，每每只站在窗外。

他叫陆宇，是镇上商贾大户陆家的公子。作为陆家未来的继承人，陆宇少不了要常常参与生意上的事，但他身上并没有商贾之气，反倒多了书卷气。

进入初秋，夜晚便有了些凉意。白未晞正在想，明天要再备一床薄被才是，这时门被敲响，来的是陆宇，他身后跟着几个随从，手里满当当的是被褥、衣物等生活用品，摆放在小屋里，都是清雅干净的素色。小屋仿佛一下子活了。

白未晞只冷冷地看着陆宇，却听他说："先生教书辛苦，这是在下的一点心意,还请不要拒之门外。"

此后,类似的事情时有发生。看着暖暖的小屋,白未晞也产生过幻觉——这就是家,她的家。

来年的春天,镇上传出一个喜讯,陆家的公子要娶亲,而新娘便是学堂里的女先生。随后,衣饰、家具……每天都有人往陆家运送。

这一日,陆宇携了白未晞去自家经营的店里选首饰,金银玉器琳琅满目,白未晞的目光落到一枚祖母绿的戒指上,整个人瞬时僵住。

莹润的宝石,色泽清透,如一汪翠色的水。

只听陆宇说道:"掌柜,就选这枚戒指吧。"

掌柜一脸的巴结:"少夫人真有眼光,这可是本店的镇店之宝,实属世上独一无二的宝贝。"

白未晞看着掌柜拿出那枚戒指,装进一个檀香木盒子,递到陆宇的手中。一时间,往事扑面而来。

她永远不会忘记那枚戒指被人从母亲手上强行夺取时的情景:母亲只紧紧拥着她,不发一言,默默流泪。母亲说过,那件世上独一无二的宝贝是传给她的嫁妆,可是,如今已落到别人手中。他们掠空家产后,却依然没有罢休,一把火引燃了她的家。她是在母亲尸身的掩护下逃生的。她逃得生不如死,贼人事先已买通官府,她再没有申冤的去处,只得隐姓埋名。六年了,她流离失所,无家可归。

如今,这枚戒指竟然与她不期而遇。

陆宇打开檀香木的盒子,把戒指戴在白未晞手上。顿时,一股彻骨的凉意袭来,她的手微微抖了一下。陆宇看在眼里,轻轻拥住她的肩说:"从此,你便是我手中的宝。让我暖你一生。"

可是,他暖得过来吗?

自从那场大火埋葬了她的一切后,她的心便是冷的。

陆家老爷暴毙的消息在一夜之间传遍了整个镇子。

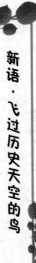

新语·飞过历史天空的鸟

111

　　早上丫鬟去侍候老爷更衣的时候,敲门不见答应,等了许久。早已过了平时起床的时间,丫鬟心中生疑,推门而入,发现床上老爷的身体早已冰冷。老爷是在熟睡中突发心脏病而命丧黄泉的。喜事突然变成了丧事,整个陆宅一片素白,哭声不绝于耳。

　　"我不敢相信,他就这样走了。"月光下,陆宇站在她面前,他沉沉开口,声音中丧失了所有的生机。

　　许久,白未晞才轻声接了一句:"他早就该偿命了,这是报应。"

　　出乎意料的,陆宇眼中没有愤怒与责备,只有对她深深的爱怜。一声长长的叹息后,他说:"我已经知道了一切。你是来复仇的,这正合了你的心意。"

　　白未晞抬头,愕然地看着他。

　　他说:"在收拾父亲遗物的时候,我在其中发现了一本手札,上面记载了多年前的那件事。父亲说,几年前,他做下错事后,便日夜不得安宁,他的心脏病便是在那期间产生的。直到有一天你出现在小镇,他看到你,便知道,该来的,终于还是来了。"陆宇低了头,轻声说:"是陆家毁了你的一切。"

白未晞远远望着圆月,没有说话。仇人终是得到了报应,但她与家人,再无团圆之日。两行清泪涌出,这些年,她孤独地背负着仇恨,活得生不如死,如今她的计划还没有实施,大仇已了,她突然就失去了活下去的勇气。

"未晞,"陆宇紧握她的手,"你能忘掉过去吗?我用我一生的爱,来偿还你所有的苦,够不够?"

她看着他,心底陡然一酸,泪水再次夺眶而出。她还能忘记曾经的一切吗?那让她痛彻骨髓的过往,她还能忘记吗?

却听陆宇轻轻说:"你会好起来的,我等你。"说完,他转身而去。

当晚,白未晞消失在夜色中。

三年后的一天傍晚,白未晞走出距离小镇千里之外的一家学堂,看到远远的樱花树下,一个长身玉立的男子倚在树上,墨玉似的黑色眸子望着她,面带温暖的微笑。

这样的情景,三年来在她的梦里出现过一次又一次。这一次还是梦吗?

白未晞愣在那里,却见长身玉立的男子正向她走来,越走越近。

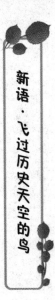

莲花灯

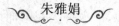

朱雅娟

从记事起，每逢中元节，娘总要带我去护城河放莲花灯，祭祀先人，为我们祈福。放河灯的人很多，我跟娘只是其中的两个。风唱着歌，烛光在莲花座里欢舞，莲花座躺在水中，伴随月影幸福地摇曳。看着点点莲花灯漂走，漂离我的视线，我总要扁了嘴哭。娘就说，媚娘好乖的，媚娘长大了嫁个好夫君。

不到十四岁我就进了宫，我的夫婿就是当今的天子——曾经的少年英雄李世民。在民间，秦王一直是永远不老的神话。可当那天我跪在大殿冰冷的石阶上，我看到宽大的龙椅上倚着的是一个干瘪的老头儿。

又是中元节，我想到宫外去，但管事的太监不许。我说我想去护城河放河灯，他们都笑得前仰后合。到了晚上，他们领我到园子里去看灯。池塘两边的石栏上，系着各式各样的水晶风灯，而塘岸边的柳树、杏树和桂树上，也挂满了各式各样的灯。放眼望去，塘中满是游弋着的鸳鸯、凫鹭，全是宫女太监用螺蚌和羽毛做的。它们的背脊上驮着烛火，不动声色，鸦雀无声。

我拿出了早就做好的莲花灯，偷偷放到池塘里。在琳琅满目的河塘里，它是那样单薄、拘谨、羞涩啊。不巧，管事的太监看到了，他一边呵斥，一边跑过来捉我，惊慌中，我的一条腿滑入池中。正在这时，一只温热的手牵住了我，一袭白袍的少年王子李治，就此出现在我的生命里。这才是我的秦王,这才是我的真命天子。我将等他长大,我渴望做他的新娘!

自此我时常去池塘放莲花灯,而几乎每一次,白衣少年李治总出现在我的面前。我的眼神从羞到娇,由娇生媚。

一个雨后的黄昏,我再一次将莲花水灯放到池塘去,一双大手揽住了我的小蛮腰。那个身着黄袍的老人,竟然有着我无法想象的力量,温柔而又霸道地让我回归现实。自此,我将永远是李世民的妻子,永远。

可青年李治不相信永远,他说:"父皇兵荒马乱的时候早就落下了一身病,他又吃了那么多的金丹,活不了几年。未来是属于我李治的。"李治说这些话的时候,双目炯炯有神。他拉着我的手继续说,"我是第一个牵你手的男人,你永远应该是我李治的!"

我战栗在李治的怀里,李治浅浅地笑,他说:"不要怕,在父皇眼里,我一向是个怕事的孩子,他不会相信我们会瞒天过海。"

许多年后,我一直在想,我究竟有没有爱过生命中这两个最重要的男人?我还在想,那个不可一世的大英雄李世民,如果知道他孱弱的儿子居然给他一顶绿帽子,居然从感业寺又接回我这个奉旨为尼的女人时,他是不是后悔当初没有给我一刀?

在感业寺的那些年,我不再去放莲花灯。听说新即位的皇上李治仍喜好放河灯,还时常会去放河灯,但身边的女人不是我,也不会是我。我知道他偶尔还会想起我,只不过拗不过固执的大臣和身边的妃嫔——谁知道这是不是一个美丽的谎言?

在感业寺,出于报复,也出于寂寞,我跟青年僧人冯小宝耳鬓厮磨好几年,从未让李治发现过。并不是我会欺瞒,只是我不过是他早就远逝的莲花灯。漂走一盏,还会有另一盏。

此后我的生命里也有不少莲花灯漂走,就像历史上这两个赫赫有名的父子皇帝一样,我有过不少男宠,但他们都是我水里点点寒星的倒影,热闹并不热烈,光亮却无温度。

谁能辅佐天子

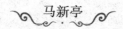

马新亭

管相国再次从昏迷中醒来时,见齐桓公正守在自己的病榻前,挣扎着欲起身。齐桓公急忙双手按住他,老泪纵横地说:"寡人九合诸侯,一匡天下,众望所归,成就霸主,多亏了管相国的辅佐。我真担心你离开我啊。"

管相国呻吟几声说:"我也舍不得离开主公啊,可是上天非要叫我去,我又奈之何呢?"

齐桓公擦擦泪水说:"如果相国真要弃寡人而去,拜谁为相合适呢?"

管仲咳嗽着说:"主公想拜谁为相呢?"

齐桓公说:"德高望重的鲍叔牙是最合适的人选。"

管仲说:"鲍叔牙心底无私,严于律己,一身正气,两袖清风,确实令人钦佩,但不适合当相国。"

齐桓公颇感惊讶地问:"为什么呢?"

管仲说:"水至清则无鱼,人至察则无徒。一个过于以身作则的人,要求别人也同样一尘不染、完美无缺,别人一旦有所闪失,就会耿耿于怀、小题大做,不能容忍,不肯宽恕。可是谁敢保证自己永远不犯错误呢?这样,谁还愿意干事呢?干事越多的人错误越多,谁还愿意多干事呢?谁还肯干事呢?人人都会不求有功但求无过,这对一个国家来说是不利的。"

齐桓公又问:"周朋可以吗?"

管仲沉默半晌说:"周朋八面玲珑,无所不能,人人都说他好,也颇受主公的宠爱,但不可为相。"

齐桓公问:"为什么呢?"

管仲说:"周朋能说会道,世故圆滑,才博得上上下下的信任,但这种人没有原则性,不愿得罪人,惯用的伎俩是欺骗,也不干正儿八经的实事。"

齐桓公再问:"易牙为了让寡人尝尽人间百味,不惜杀掉唯一的儿子,烹给寡人吃,爱寡人胜过爱子,总可以为相吧。"

管仲说:"天下最深的感情莫过于父子情,易牙连自己的儿子都不疼,他还疼谁呢? 即使疼也是具有功利性的,同时可见他是多么自私,多么无情,怎么可以为相?"

齐桓公还问:"竖刁为了服侍寡人自施宫刑,重寡人胜过重自身,总可以为相吧。"

管仲说:"人最爱惜的莫过于自己的身体,为了服侍主公,把自己的身体弄残,是不是有点儿灭绝人性呢?"

齐桓公继续说:"开方为了我,几十年不回家探母,敬寡人胜过敬母,也不能为相吗?"

管仲说:"一个不孝敬父母的人,最终对谁都不会忠心耿耿。"

说到这里,管仲有点儿上气不接下气,轻轻闭上了眼睛。

齐桓公有点儿迫不及待地问:"到底谁可为相呢?"

管仲没有回答。

齐桓公焦急地等待着,管仲却再也没醒过来。

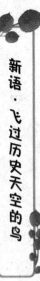

新语·飞过历史天空的鸟

戚　姬

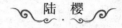

陆　樱

　　如果没有那次相遇，这朵惊艳的花不会凋谢得如此之快，更不会如此不堪。

　　那场相遇，是此生中最为惊心的时刻。她遇上他，只是在一瞬间。可是因为他叫刘邦，从此她的人生就改变了。她的出身普普通通，并非名门贵族。可是她的骨子里却似乎流着贵族的血液。她有着倾城的容貌，姣好的身段，一颦一笑都令人难以忘记。她的身上也不乏才气。如果不做贵妃，也许她可以成为一位舞蹈家。她的血液里和艺术有着不解之缘。她能歌善舞，能唱楚歌，能跳"翘袖折腰"之舞，会击筑，亦会填词。这样一个女子，怎能不令刘邦动心。他把她带回宫中，那年，她十六岁。她叫戚姬。

　　那场相遇，如一朵花，遇上一阵轻柔的风。风轻轻拂过，轻抚花瓣。花朵在绚烂之时绽放所有的美。更令刘邦动心的是，戚姬与是他志同道合的人。宫中美女数不胜数，而真正能触动心灵的并不见得会有很多。戚姬却是其中一个。她通音律，跳舞的时候，柔美连贯的甩袖、折腰动作，繁复多变。时常，两只彩袖在空中飞旋、舞姿动人、娇躯翩转；她也善于鼓瑟，节奏分明，内心情感在击奏中表露。刘邦在欣赏戚姬的歌舞时总会情不自禁地随性唱和，偶尔灵感来时也填个词。两人时常会在音乐中碰触彼此心灵最柔软的部分,欢乐时共同分享,忧伤时也借着音乐,分担愁苦。

这样的一个女子,没有不被宠幸的理由。戚姬成了刘邦最宠爱的妃子。如果他们是平民百姓,或许可以"执子之手、与子偕老"。可是,戚姬爱的不是普通人,他是汉王。有多少个女子和她一样在等待着这份爱。人的心只有一个,宠幸了她,自然分给别人的就少了。

她的爱,成了吕雉内心沉重的石头,常常压得她喘不过气。不过戚姬并不知道,她的心思极其简单,她只知道刘邦爱她,她拥有了这份爱情。她觉得那是一切,其他的都不必关心。她自信她的美丽,会为她换来幸福。

现实,哪有这般容易。命运,又岂能都让人把握。天空不会总是艳阳高照,凄风苦雨的时候也会有。戚姬也曾想过,假如刘邦不在了,她的命运该怎样把握。刘邦是懂她的,他想废刘盈,改立如意为太子。可是却敌不过吕雉的一点心机。事情失败后,她看到了刘邦抑郁的眼神,她不怪他。眼前的英雄,也有无奈的时候。

戚姬的梦想幻灭,刘邦的离去,更使她的内心一片黑暗,空虚犹如漆黑的夜笼罩着她。她失去了那片袒护她的天空。除了爱情,美貌,她还能有什么?那个吕雉——现在是吕后了,她自知不是她的对手。她内心惶恐,常常在寂静的夜里想起和刘邦在一起的日子,她跳舞、击筑,他欣赏。那时,除了爱情,她什么也不想懂。现在的她,却被剃光头发,囚禁在宫里。囚禁的日子,她终日舂米,泪在两颊不停地滑落。这还是她吗,她的灵魂仿佛已经离开了她的身体。她不断地唱着:"子为王,母为虏。终日舂薄暮,常与死为伍,相离三千里,当谁使告汝?"歌声凄楚,和着泪水,凄怨地流着。

已不是和刘邦在一起的时候了,可以你唱我和,可以在音乐中传递内心的声音。此时,歌声只会为她带来更大的灾难。或许,歌声让吕雉再次想起那段刘邦宠幸她的日子,她的嫉恨,涌上心头。

这次,便是花瓣抽离,只剩凋零的心的时候。且那颗心,也没有活下去的理由。戚姬的四肢被砍去,双眼被挖去,还被灌了哑药,耳朵被熏聋,扔进

新语·飞过历史天空的鸟

厕所……昔日红颜，如今面目全非。

　　三日后，戚姬痛苦地死去。再见刘邦，他会认得她吗？刘邦看到此时的戚姬，会心疼她吗？刘邦哪里能想到，昔日那个倾国倾城的女子，会以这样一种方式离开这个世界。

刺　秦

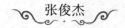

张俊杰

我不怕死，我的命不值钱，我只是个卖艺的。

但现在死去着实不甘，我奢望过几天朱门酒肉、笙歌曼舞的日子，那样死而无憾。

机会很快来了。那是一个阳光明媚的冬日，我光着膀子在蓟城街上舞剑。那天观众的心情很好，喝彩声不断，我也舞得无比卖力，劈、刺、点、撩、抹、穿、挑、截、扫，剑走龙蛇，行云流水，如一朵盛开的白牡丹。观众中有一个人，白皙微髭，满眼忧虑，形容却有点猥琐。他说他寻找我很久了，是田光先生向他举荐了我。这个人就是燕太子丹。从此我的人生改变了，我过上了上层人的生活，住豪华公馆，食美味佳肴，赏珍奇玩物，阅天下美色。

太子丹对我无比客气。他被我那天的剑术迷住了，说我是稀有的剑客，拜我为上卿，这让其他人眼红。一天，他派人请我到他宫中，金樽清酒、玉盘珍馐，席间还招来一位女子弹琴。那女子端庄优雅，技艺娴熟。一双手白皙如柔荑，十指纤纤灵动，指甲上蔻丹鲜红耀眼，弹奏起来如一群蝴蝶在飞舞。这是我见过的最美的手，"多美的手啊！"我禁不住赞叹。席后太子丹让人奉上一份礼物，揭下红布竟是一双滴血的手，十指还微微颤动，鲜红的蔻丹直逼我的眼睛。还好我控制住脸上的表情，尽量波澜不惊。受大礼必当效大

力,我知道我成了太子丹捻在手中的一枚棋子。

众人皆说太子丹器重我,待我为上宾,不惜斩断美人的手讨好我。我知道太子丹是在向我示威,让我知道他的厉害,违逆他必是死路一条。太子丹很高明,他迷惑了众人,包括和我无话不谈的琴师高渐离。

处境将我逼上绝路,用生命报效太子丹是迟早的事。

不久秦将王翦的军队打到燕国南界。太子丹坐不住了,委婉地向我下达了坚决的命令——刺秦。这早在我预料之中。我胸有成竹,现场给他分析了当前形势:行而无信,难以亲近嬴政。我还向他说出了一个人的名字——樊於期。樊於期原是嬴政手下的将领,后来得罪嬴政逃到燕国避难,他的头是最好的信物。太子丹听后流着泪陈述苦衷,樊於期在走投无路时来投靠他,他不忍心用樊於期的人头,让我另想办法。尽管太子丹一脸忧愁,双眼悲戚,但我还是看出了破绽——他在表演。他了解我,一定想到了我私会樊於期,他并没有采取保护措施。我轻而易举地就得到了樊於期的头颅,他知道后没有生气,只是痛哭,还亲自替我收拾好装进匣子。太子的演技很高明,几滴眼泪就蒙住了所有的人,当然,除我之外。

对于太子丹的戏,我必须配合,否则我只有死路一条。但我没有马上动身。尽管太子已为我准备好匕首,那匕首已在毒药中淬过火,见血封喉,三步必亡;尽管他还为我找好助手,就是人尽皆知的十二岁能杀人的秦舞阳。秦舞阳徒有虚名,根本不配做刺客,但我不能揭穿他,带着他对我有用。也该动身了,樊於期的头颅已经开始腐烂。可我还是稍稍忤逆了一下太子丹的旨意,只有这时我才敢忤逆他,换作其他时候我早没命了。太子丹果然着急了,跑过来催我。我平生第一次也是唯一一次对他发怒了,我胸有韬略而又义愤填膺地怒叱他:"难道嬴政的朝堂是我的家,想进去就进去,想出来就出来?行大事需有大略,我在等一位朋友,既然太子嫌我晚了,我马上就动身。"众人听完,都称赞我大智大勇。

"吾客"不到就不等了,怒叱完太子我必须出发。那天阴风凄厉,易水悲流,送行者皆白衣白帽,目落泪,怒发冲冠,恨不得亲自替我去刺秦。出发的时辰到了,我大义凛然,视死如归,马鞭一响,绝尘而去。上车前,我又看了高渐离一眼,他眼里更是无限向往。渐离兄,别让我害了你。那一刻,我仿佛在渐离眼中看到了他几年后的悲剧。唉,他怎么就不了解我呢? 这也难怪,除我之外,谁敢去刺秦?

结果是大家都知道的,我没能杀死嬴政,秦舞阳更熊包。临死前我抓住最后的机会,对着嬴政慷慨陈词,我说我没能成功是想生劫你,让你立下契约永不进犯燕国。这句话是说给嬴政听的,也是说给秦国的大臣们听的,更是说给史官听的。就我的本事,以这样的人生谢幕简直再完美不过。

我只是一个平凡人,我不是做刺客的料。我卖艺出身,最擅长表演,我演的是一场回报太子丹的戏,更是一场让我彪炳史册的戏。我的失败也不是"待吾客与俱",我没等什么人,那个时代也根本没有能杀死秦王的刺客。

千　古

张俊杰

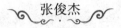

这是今年咸阳的第一场雪，长空暗暗，冷风凄凄。

我闭目静立院中，感受着这份切肤的凄凉。

眼前又浮现出七年前易水诀别的一幕，那天风疾水寒，三尺怒涛激荡着仇恨，太子丹和宾客皆白衣白冠。我奋力击筑，荆兄慷慨悲歌，"风萧萧兮易水寒，壮士一去兮不复还"，歌声惨烈，在滚滚波涛上炸响，宾客无不血脉贲张，肝胆欲裂。

这是一次激昂慷慨的壮烈送别！

一生能得一这样的诀别，足矣！

"先生，筑收拾好了吗？"琴童问我，"今晚还有演出呢！"

对，今晚嬴政要听我击筑，那个杀死荆兄的人要听我击筑，那个灭掉燕国的人要听我击筑。

荆兄的头颅很快被送回燕国，随之而来的还有一封国书——速献太子丹头颅于秦。太子丹害怕了，燕王喜也害怕了。

我默默地看着荆兄的头颅，无限惋惜，更多的是感动。

嬴政疯狂了，仅十个月，便攻破蓟城。燕王喜无奈，忍泪斩下太子丹的头颅送给嬴政，然而这时嬴政不要了，他要的是灭掉燕国，诛尽太子丹的同党。

我无奈,更名改姓,混迹在宋子城,为人做佣。

那是一段肝肺欲裂的日子,那是一段灵魂出窍的日子。屈心抑志,忍尤攘诟,我不知道我能坚持多久。

一天,主人宴请宾客,席间忽有筑音传出。一声一韵,一丝一缕,如无数小虫钻进我心里,啃噬着我的灵魂。我又一次羡慕起荆兄来,奋然一击,壮烈辉煌,一生能有这样一击,足矣!

我决定也去刺秦,这样的生活我过够了。

嬴政不是喜欢听击筑吗?那就再从筑开始吧,这也正是我的专长。我故意大声说:"那筑的声调有善有不善。"马上有仆人将我的话汇报给主人,主人听后果然生气,命我上前去击筑。我用力搓搓手,盘腿坐在筑前,我的手指一挨筑便有了生命,如同一群精灵在舞动。宾客震惊了,拍手称善。我好长时间没尽情击筑了,我的生命需要宣泄,不击筑我会发疯。我尽情演奏,旁若无人,激越处金铁皆鸣,低回处静寂无声。

一曲终了,我便被敬为上宾,声名大振,宋子城的贵族纷纷邀请我。

消息很快就传到秦国,嬴政派人来召我了。

一进秦廷,我的身份还是很快暴露了。嬴政犹豫再三,他酷爱听筑,除了我没有人能让他满意。最终他心里一软,派人用马粪熏瞎了我的双眼,留我在宫中击筑。

我强忍疼痛,叩首碰地,谢主隆恩。

很快,我的名字传遍秦宫内外,人们纷纷议论,说我是一个没骨气的艺人。

嬴政多疑,每次听筑,必距我七尺之外。

他愈怀疑,我愈卖力,倾我所能让他陶醉,我的名声也愈来愈为人所不齿。

在筑乐的召唤下,嬴政终于靠近我身边,我甚至能听到他微弱的鼻息,我知道时辰快到了。

"先生,请用膳吧。"琴童又来催我,"大王已经派车来接了。"

"好。"我应了一声。今晚,一切都在今晚,我心中如野草在疯长。

晚上我奋力击筑,尽情演奏,我知道这是我最后一次击筑了,真是无限留恋。

我舞起竹尺,筑声悠悠响起,如江水流淌。

我知道嬴政尚武,便加快击打节奏,筑声绵密,似浪涛滚滚,奔流而去,又如狂风暴雨,抽打着大地。

我听见嬴政轻轻移动的脚步声了。

我陡然发力,筑声无比刚烈,断金截玉,如砂似暴,和着易水的涛声,在天地间激越跳荡。

我仿佛又听到荆轲的歌声,又看到他愈来愈小的身影,衣袂乱飞,如一面狂风扯动的战旗。嬴政震惊了,我听到了他急促的喘息。

我咬紧牙关,闭紧双眼,奇怪,那一刻我瞎了多日的眼睛竟又流出了泪水。

接下来的情况估计大家都知道了,当灌满铅的筑向嬴政击去时,机警的嬴政慌忙一闪,筑擦着他的肩头飞了过去,落地,裂开,铅块尽出。

武值警醒,上前扭住了我。

嬴政脸色大变,咆哮道:"带下去,凌迟!"

我哈哈大笑,我隐忍多年,就是为这尽情一击。

伴随这一击,我知道我成也千古,败也千古了。

126

齐王的橘子

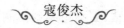

寇俊杰

　　孙膑抬头看看天空，不知为什么，这段时间太阳总是不阴不阳的，没有一点生气，像手中的橘子，又黄又软。孙膑把橘子慢慢地剥开，小心翼翼地，像在寻找一段尘封的往事。他掰出一瓣放在嘴里，顿时一股酸味让他浑身颤抖了一下，他忍耐着，缓缓地咀嚼着，最后一伸脖子咽了下去。

　　橘子是齐威王派人送来的。那人就在身边，说："大王说了，军师有什么需要尽管说，你可是为齐国立了大功的人。"

　　孙膑摆摆手，说："我过得很好，回去代我谢谢大王。"

　　那人留下了一筐橘子，走了。

　　天快要黑了，云变成了深灰色，像战场上扬起的尘土，厮杀声仿佛又在孙膑的耳边响起。当年，他奉齐王之命为军师，田忌为将军，领齐国数万精兵，围魏救赵，杀得庞涓落花流水。十二年后，他又用减灶之计，诱庞涓到马陵，终于把他射杀。想到这些，孙膑的脸上微微有了些笑意。

　　一阵风刮来，快要下雨了，孙膑双手撑地，艰难地向远处挪动着，脚上的皮靴虽然破旧，但在地上摩擦的声音还是那么响亮。孙膑舍不得扔，这双皮靴见证了他的辉煌。自从被庞涓陷害，敲碎了膝盖骨后，他就用硬皮革裁成"底"和"帮"，然后缝成高皮靴。后来，他就是穿着这种皮靴乘车指挥作战，

打败庞涓。但他还不知道,过了两千多年,人们还穿着皮靴。他的发明,得到全世界的认可。

百步的距离,让他爬行得汗流浃背。他来到猪圈旁,他的妻子正在那里喂猪,她的呼唤声和猪欢快的吞咽声像一曲美妙的交响乐。猪正在生长期,吃得多,吃得欢,过不了几个月,就可以出栏卖钱了。

妻子正满心欢喜,突然有人拉住她的手,吓了她一跳。

她定下神来一看,是孙膑,奇怪地说:"你怎么知道我在这儿?"

她知道孙膑最不想看到猪,更不想看到猪圈,甚至猪的叫声也会让他做噩梦。

因为这些曾经让他做了一场长长的噩梦。

为了逃出庞涓的迫害,他只好装疯卖傻,一会儿哭,一会儿笑,乱叫个不停。

送饭的人拿来吃的,他竟连碗带饭扔出好远。

庞涓听说了这些,还不相信孙膑会疯,便叫人把他扔进猪圈,又偷偷派人观察。

孙膑披头散发地倒在猪圈里,不仅满身是猪粪,还把粪塞到嘴里大嚼。

庞涓这才认为他是真疯了,从此看管逐渐松懈下来。

孙膑侥幸活了下来,才有机会逃到了齐国。

在一次赛马赌输赢时,同样的马,他让田忌反败为胜,才得到齐王重用,后来才杀庞涓,为自己报了仇。但那一段屈辱的生活他永远也无法忘记。

为此,他的妻子才在远离住宅的地方偷偷养猪。

孙膑也知道,但又有什么办法呢?自从他辞官隐居之后,齐王也许因为老了,把他忘了,他的生活越来越艰难了。

孙膑对妻子说:"赶紧收拾东西,我们要离开这儿!"

"为啥?猪呢?"

"顾不了那么多了。"

"轰隆隆",天空一阵闷雷响过,暴雨瞬间从天而降。

妻子用车推着孙膑,在泥泞中经过一条大路,迎面走来一大队人马,车队排了几里地长。

一辆车陷进了淤泥里,很多士兵在推,但车还是纹丝不动,车队不得不停了下来。

孙膑透过雨幕看了看,那是魏国俯首称臣后,每年都要给齐国送的贡品。不用说里面装的都是金银珠宝,绫罗绸缎。

这时,雨中还有一大队人马,他们已经撞开了孙膑家的门,可是他们看到的,是一筐完好无损的橘子……

踏莎行

寇俊杰

春风萧瑟，乍暖还寒，阴雨蒙蒙，芳草萋萋。开封通往陕州的官道更加泥泞，两辆驴车在湿滑的道路上艰难前行。

突然，前面的驴车陷进了泥坑，车夫挥鞭抽打毛驴，可任凭毛驴怎样使劲儿，木轮车像是被泥水吸住一样，就是出不了泥坑。寇准挑起轿帘说，寇安，别打了，还是我下来推吧！寇安没法，只好也下来和寇准及后面车上的两个随从一起推车。无奈还是车重人少，力量不够，使足了劲儿也没能把车子推出泥坑。

寇准说："不行就先把车上的书卸下。"寇安说："大人，那是你的心头肉啊！怎么舍得弄脏？"大家正在一筹莫展之际，路过的几个村民走过来，有人施礼问："是宰相寇准寇大人吗？""正是，但我现在已不是宰相了。""我们听说大人没有因为澶渊之盟受到封赏，反而被贬陕州，此是必经之地，故有此一问。"他对其他村民说："我们帮帮寇大人吧！"然后大家一起重新用力，终于把寇准的驴车推出了泥坑。寇准再三相谢。村民说："寇大人澶渊之功，让中原百姓免受战乱之苦，我们老百姓还不知怎样感谢寇大人呢。"

寇准重新上车的时候，已是满身的泥水。车内的宋夫人用毛巾给寇准擦着脸上的汗水和雨水，心疼地说："原来在京师哪有这样的路？看你现在头发都开始白了，还要出来受这样的罪。你要是能把自己的性子收敛一些，何来被贬呢？"

寇准说："社稷为重，君为轻。我的所作所为只要对得起天下百姓就行了。"

宋夫人说："可你分不清君子和小人，把小人得罪了，他们就会为私怨而报复。我听女婿王曙说，这次王钦若在皇上面前说你是拿皇上的性命做赌注，澶渊一仗胜是侥幸，如若败了，他的命就没了。皇上这才把你贬出京师的。"

寇准微微一笑说："王曙是怎么知道的？"

"他和皇上的内侍周怀政关系很好，是周怀政亲耳听到王钦若对皇上说的，还说你居功自傲，到处宣扬说没有你寇准，就没有大宋的江山——他这是诬告啊！"

"再泥泞的路，太阳一出来就晒干了。"寇准说，"你看刚才村民为我推车，多好啊！若是奸臣，他们会这样做吗？"

"不过你也别锋芒太露，出头的檩条先烂，想当年，你和太宗意见不合，太宗说不过你，生气地要拂袖而去，你竟然当着满朝文武的面拽住他的衣服不让他走，直到把他说服才罢休！俗话说，君叫臣死，臣不得不死！你这是往死路上走哇！得亏太宗英明，不但没杀你，还把你比作魏征！"

寇准只是得意地嘿嘿笑着，并不说话。

宋夫人又说："不过，终归是伴君如伴虎。你这是第三次被贬了吧？皇上是个好皇帝，就怨你太耿直，连皇上的面子也不给。特别是上次被贬，有人揭发你酒后说了太宗的坏话，太宗不信，找你问一下。按说太宗也没当真，你随便找个理由太宗就能原谅。可你就是不辩解，不知道趁坡下驴，太宗给你梯子你也不要。人家是皇帝，你'将'人家的军，结果被贬到了邓州。你这不是自己找麻烦吗？"

寇准说："我喝完酒后可能真说了太宗的坏话，但那是太宗有不对的地

方。大丈夫做事就要敢作敢当！我不后悔！"

"唉！"宋夫人叹了一口气，"今上能当皇帝，你本是立了大功的；澶渊之盟，你也是立了大功的。可皇上就怕功高震主，你本该急流勇退，但你非但没有，还不知收敛锋芒，皇上这才免了你的宰相之职，把你贬往陕州。不过这样也好，朝中是非太多，你当个地方官，陕州离我们老家又近，我们还能过个安心日子呢。再不必像以前一样——我们是一直在行走啊！"

"踏莎行。"寇准的脑海里忽然闪出这样一个词牌名。他叫寇安停车，从箱子里拿出笔墨纸砚，然后铺纸磨墨。他略一沉思，笔走龙蛇，写下了一首《踏莎行》的词："春色将阑，莺声渐老，红英落尽青梅小。画堂人静雨蒙蒙，屏山半掩余香袅。密约沉沉，离情杳杳，菱花尘满慵将照。倚楼无语欲销魂，长空黯淡连芳草。"

宋夫人本想寇准写的是反思过去，从此要淡出朝廷视野，远离政治旋涡的意思，没想到看了寇准的《踏莎行》，写的却是难离难别、情深意切的"情诗"。她的眼泪一下子涌了出来，她知道，要想让寇准抛弃自己的信念真是太难了。如果皇帝用他，再危险他还是要回去的，可他又不会曲意逢迎，个性又那么张扬，虽得皇帝信任，但他由着自己性子来的做法，就是有一副好牌，也会被他打得稀里哗啦，甚至是性命不保！

宋夫人含着泪看着寇准，寇准拉住夫人的手，坚定地点了点头。夫人知道，今后摆在他们面前的，将会是一条更加艰险的道路！

落雁平胡

唐丽妮

茫茫原野,她雕塑般面南伫立。猎猎朔风把她的红裘皮大衣生生地扯起来。侍卫的马蹄声一声比一声紧,复株累单于的旨意一次比一次急,催她回营。

她,一动不动。她要等到汉宫的诏书,等待她的君王答应她的请求,下诏让她还宫。

太阳西沉,南面的黑马终于踏着滚滚尘烟疾驰而至。汉宫的使君小心翼翼地传达成帝的诏令:望公主以国为重,从胡俗。

"子争其母,伦常混乱!"只吐出八个字,她就倒在了地上。

大漠夜漆黑,帐内,白毡地上,苏醒后的她坐了整整一宿。细心的侍女,送来了一杯又一杯浓香温热的奶茶。她没喝一口。

不久前,同样的白毡地上,同样的漆黑夜晚,垂老的单于收起了昔日鹰般的眼神,像那远逝的星,渐渐隐入远空。

"让妾跟王走吧!"她跪在地上苦苦哀求。他摇摇头,两眼望向他们两岁的幼子,欲熄的火苗又蹿起了点点火花。他把王位传给了他的长子。他要把她和他们的幼子交给年轻的复株累单于。

是夜,年轻的复株累单于戎装骏马,立于帐前,等待她披上红裘皮大衣

掀帘而出。他要揽着她的细腰,跃上马背,在大漠纵情飞驰。

"把那支狐尾拿来。"她轻轻地对侍女说。

这支在清冽的香溪洗涤过无数次的狐尾小楷,是父亲送给她的礼物,伴随她登上雕花龙凤官船,顺着香溪,入长江,逆汉水,走进了长安那巍巍汉宫。在寂寥凄清的宫阙里,又曾让她在挥毫的宣泄中得到过无数的慰藉。后来,再跟着背负汉宫重大使命的她一路颠簸,经过不毛之地,走过雁门关,在滚滚尘烟中陶染腥膻,饮尽异邦风月。

她长长的睫毛扑扑扇动,细嫩的指尖轻轻抚过光滑的笔杆,一方洁白的丝绢在面前缓缓展开:

翩翩之燕,远集西羌,高山峨峨,河水泱泱。

父兮母兮,道阻且长,呜呼哀哉!忧心恻伤。

书罢挂笔吟唱,歌声如泣如诉,和着琵琶的哀怨,透过厚厚的帐顶,像幽咽的溪水流向茫茫夜空。

歌声惊动了帐外的年轻单于。他果断地揭开帐帘。煮奶茶的篝火还在烧着,她那白玉般的脸庞被映染上了一层红,如同一朵尊贵的红牡丹。他一步一步走到她跟前,凝望着她,坚定而热烈。这个强悍的年轻单于,已不再是侍立在她身旁,称她为"小母后",聆听她讲述中原耕种纺织故事的那个年轻人了。两团若隐若现的小火苗,如今已燃烧成了熊熊烈火。

她坐着没动,脸上还是那端庄的仪容,柔软的手指依然在弦上水般波动。

"嫣儿。"声音低沉,有力。琴声的水波晃了一下。

"嫣儿。"他上前一步,抽出她怀里的琵琶,握住她的手腕,一把拽到身前。

"放开!我是你的母后。"

"不!你是我的阏氏!"他用粗壮的臂膀把拼命挣扎的她紧紧箍在胸前,埋下头,在她耳边低声地说。

"父死，妻其后母。就算匈奴没有这个风俗，你，也会是我的！"他轻轻托起她那举世无双的脸，箍得更紧了。

"嫱儿，你知不知道，你给大漠带来多少财富、安宁和希望？你看，因为有你，南边不再起烽烟，骑马的男子扶起了犁耙，挤奶的女人学会了缝纫……除了你，嫱儿，茫茫原野还有谁配做我雕陶莫皋的'宁胡阏氏'呢？"

"嫱儿啊，第一眼看到你，我就决心带着你，踏遍大漠的每一个角落。而你，为何总躲着我？父王把王位、把你交给我，就是让我接替匈奴对汉宫的承诺，继续疼爱汉家公主呀！嫱儿，我不能辜负父王，更不能辜负大汉宫啊！"

他宽阔的脸上，剑眉竖立，狂野的眼里，火焰烈烈。

她的心隐隐地疼。未央宫内，元帝殷殷厚望的注视，犹在眼前；长安街头，老人含泪挥手的叮咛，犹在耳边……她，轻轻地闭上了眼睛。

强悍的复株累单于一把把她抱起，大步踏出帐外，翻身跃上雪白的骏马，向东方驰骋。

遥远的地平线上，太阳突现万道光芒，绚丽的霞光披在他们身上，披在他们身后千万个营帐上。

那千万个营帐，骤然间万鼓齐鸣，彩灯高挂，彩旗飘扬，人们纷纷拥出营帐，为他们的国君国母欢腾雀跃。

无边的草原上，骏马奔驰。雪白的马背上，她那耀眼的红裘皮大衣，迎风飘起，撒下一路芳香。芳香过处，草肥叶茂，百花盛开，牛羊马儿宛如星汉灿烂……

祭奠一匹狼

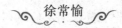

徐常愉

　　它本是骊山脚下一匹孤独的狼，因为年老体衰，它被狼群驱逐了。但它的心中没有怨恨，一直以来，它们的种群一直遵循着优胜劣汰的生存法则。它徘徊于骊山脚下，寻找一些残羹冷炙充饥，努力摆脱着死亡的阴影。其实死亡对于它而言并不可怕，它之所以这样顽强地活着，是因为它心中始终萦绕着对狼群的不舍，一种难以割舍的亲情苦苦折磨着它。

　　那一天，它突然嗅到了狼群的气息，这让它兴奋不已。当它嗅出那股气息来自骊山之巅时，它不顾一切地向山顶奔去。接近山顶，它愣住了。它并没有看见狼群，山顶上烽火冲天，狼烟滚滚。它知道，那是守卫的将士发出的敌情信号。又要发生战争了！一阵兴奋瞬间取代了它心中的遗憾，因为战争过后总有享用不尽的美食。为此，它畅快淋漓地嗥叫了三声。

　　顷刻间，骊山脚下各路兵马如潮水涌至，声如雷霆，杀气冲天。它的心禁不住一阵战栗，抬眼向镐京城头望去，它的心中竟然充满期待。它知道，只要城头的首领一声令下，骊山脚下必定尸横遍野，血流成河！

　　然而，它期待的命令并没人下达。从镐京城头传来的竟是一个女人放荡的笑声，那笑声在骊山的山谷里搔首弄姿，极尽缠绵，最后传入山下百万将士的耳中。将士们怒目圆睁！而镐京城头，管簧齐鸣，百官雀跃，更有一银髯老叟将一美貌女子揽入怀中,百般疼爱,而那女子的嘴角笑意犹存,倍显妩媚妖娆。

突然,山下的战旗轰然倒下,将士们手中的兵器纷纷坠地。随后,将士们愤然退去,只留滚滚尘埃在骊山脚下肆意飞扬。

到底发生了什么,它无从知晓,它只知道,战争并没有发生,它所期待的美食也没能入口,而原因就在于那个女子的一笑。从此,它对她耿耿于怀。

从人们对那个女人的责骂声中,它得知,那个女人叫褒姒,而那个昏庸无道的幽王竟然为了博她一笑,戏弄了各路诸侯。而接下来的一些日子,这种戏弄还在一次次重复上演。而同样被戏弄的还有一匹狼。

最后,连它都被激怒了,它真想冲上镐京城一口咬断那个妖女的喉咙!然而饿得摇摇晃晃的身躯迫使它冷静了下来,最后,它笑了。它敢断定,战争终究会发生,只不过它不敢确定,自己能否熬到那一天。

事实上,它熬到了。它没想到战争会来得这么快,以至于它不得不为自己的愚笨而惭愧。山下的将士们真的杀来了!尽管那一刻,它又嗅到了狼群的气味,但这一次它出奇地冷静,它抬眼看看山顶滚滚的浓烟,没有理会。它仰天长嗥一声,向遍野的横尸奔去……

然而真正面对层层叠叠的尸体,它还是愣住了。它从来没有想过,人类会如此残忍,到底是为了什么呢?

答案很快就呈现在它的面前。它再一次看见了镐京城上的那个老叟和美女,它还记得他们的名字,幽王和褒姒。然而此刻,他们完全没有了当初的威严,仓皇逃窜,狼狈不堪。可是,脚下的尸体阻碍了他们的逃跑,最后,一把还在滴血的剑横在了他们的面前。曾经威风八面、不可一世的幽王吓得面如死灰,跪地求饶,可他终究没逃过一死。当那把利剑无情地穿透幽王胸膛的时候,它竟突然找到了问题的答案——人类有着同它们一样的生存法则,优胜劣汰,如此而已。遗憾的是,幽王直到自己的躯体倒下去的那一刻,还把难舍的目光投给那个让他丢了江山和性命的女人。这让它不得不

新语·飞过历史天空的鸟

认真地审视这个女人,作为一匹狼,它还是第一次看到如此美貌的女子。她是那样的镇定而妩媚,好像眼前的一切她早已预料在心。这竟让它的心一阵震颤!庆幸的是,就眼前的阵势而言,她纵然有绝世的美貌,恐怕也难免落个香消玉殒的下场了。

可是,它很快发现自己错了。那把刚从幽王的胸膛里拔出的剑,突然在她的面前垂了下去。紧接着,随着一声喝令,一群士兵蜂拥而上,把她掳走了。它愣住了。它愣怔地看到她被掳走的那一刻,她的嘴角竟突然现出一丝冷笑。她的冷笑惊醒了它,使得它本来已经冰冷的心瞬间又激荡起来,它不顾一切地向她冲去……

当那把本应该穿透褒姒胸膛的剑穿透它的胸膛的时候,它不得不接受一个事实——人类的悲剧还要重复上演。它,死不瞑目。

…………

千年以后,在一个并不古老的山坡上,一个孩子在喊了无数次"狼来了"之后,终于有一匹狼真的来了。这匹狼一口咬断了孩子的喉咙,然后,它仰天长嗥,似乎在告慰它的祖先——我做到了。

八阵图

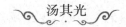
汤其光

西风起,草木逢秋,肃杀之气不光过早地席卷了五丈原的天空,还让三十万蜀军刹那间感到了季节的悲凉。

帅帐里,一灯如豆,灯光摇曳。人们进进出出都面色凝重、一言不发,不时有人用衣袖拭去眼角的泪水。

病床上的人好像瘦小了许多,完全没有了往日的风采,他仿佛也变成了一盏灯,一盏在风中摇曳的灯。他的身旁,放着一个紫木匣和一只蝈蝈笼子。蝈蝈在叫,一声声地哀鸣着。

病人醒了,努力睁开眼看了下围着的众人,努力要坐起来,但终没有成功,只能轻叹一声。

他太累了,他真想就这样永远睡下去。虽然后事他已经向皇帝派来的使者做了交代,包括公认最难的对君子和小人的甄别,包括自己去后的继承人选,包括如何退兵……可他不能,他知道,他现在还不能倒,他还有一件最重要的事去做。

"姜维。"他微弱地喊了一声。

"丞相。"姜维跪着向前挪了几步,抓住他的手,泪涌了出来。

"我平生所学尽在这里,可保蜀国平安,望你与诸君努力,完我夙愿。"说

完,他指了指那个紫木匣子,又无力地闭上了眼。

姜维小心翼翼地拿起木匣,揣在怀里,伏在他身上尽情地痛哭起来。旁边也哭声一片。或许是哭声再一次惊醒了他,让他对这个世上充满了无限眷恋,少时,他又睁开眼,指了指案上的蝈蝈笼,拼尽最后一口气说:"交给我主,说臣走了……"

没有哭声,没有哀乐,只有秋风在五丈原来回地盘旋。

回到蜀中的府邸,姜维沮丧地坐在椅子上一言不发,连日来的操劳让他筋疲力尽,心力交瘁。更可怕的是,虽然魏延反叛得到了平定,但蜀国上下的心在丞相去世后散了,再也没有了凝聚力,蜀国突然间成了一只木船,摇摆在浪尖上,让他深为忧虑。

突然,他眼前一亮,来不及更衣便急切地取来木匣,他知道,这是凝聚恩师一生心血的著作,名字叫"八阵图"。有了它,自己便可以抗衡于曹魏孙吴;有了它,也就有了蜀国的明天。想到这些,姜维顿时信心大增,更加小心翼翼地打开匣子,虔诚地拿起书展开,猛然间,他傻了,愣在那里。

因为书里面是一张张白纸,没有一个字。

这时内侍进来传旨,言将军既得相父真传,即日起加封虎威将军,统领全国兵事。姜维猛然明白了一切,流着眼泪心里叫了声:"恩师……"

不几日,蜀国人都知道姜维得到了丞相的衣钵真传,人心渐稳。

行者棒

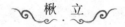
楸 立

一

我是一个江湖中的行者,江洋大盗,绿林草莽,朝廷缉拿的要犯。有时候我都搞不懂我的身份。

杭州知府木成舟发帖子给我,请我到他那里做客。像我这种在江湖中赫赫有名的蛮贼,知府怎么会想到我呢? 显然,我身上有他需要的东西。

江浙一带的风景秀美宜人,真好,在这里结一庐舍,依山傍水而居,胜过神仙。

"此山是我开,此树是我栽,要打此路过,留下买路财。"林中蹿出一魁梧大汉,一脸虬髯,手中一对八棱梅花亮银锤。我想,一名强贼碰到另一名强贼真是有趣的事情。

对面那汉子见我非常镇定,迟疑了会儿,问我:"你是不是有藏宝图?"

我说:"是,我有藏宝图,但我如今是去木知府那里拿钱的。知府老爷是这块地皮上最大的富户,不说富甲天下,也可以说富甲江浙。你如果想发财,就跟我去。这个比弄到藏宝图更直接。"

汉子想了想："我怎么能相信你?"

我双手把哨棒掂量了一下："给你吧。"

汉子放下大锤,接过我手中的哨棒："行者棒?"

我点了点头。

他说："难道不怕我砸死你,再把藏宝图抢走?"

我说："我把防身兵器都给你了,就不怕你怎么做了。"

大汉很沮丧,转过身子就走。

我却觉得这个人很有意思。我说："你叫什么? 交个朋友。"

"神力王。"神力王的嗓音嗡嗡的,震得我心口发热。

二

木成舟端茶的时候,宽大的袍袖遮住了青紫色的阔脸。他咽了口清茶,清了清嗓子。

"听说清溪的方腊造反了。"

"朝廷已经去剿了。"

"能剿灭吗?"

"不清楚,知府大人应该比我清楚。"

木成舟干笑了几声："方腊的藏宝图是否在你手上?"

"都是传闻,木老爷也信?"

"谁得到藏宝图就得到了整个江山,我不得不信。"

"财是惹祸根苗,木老爷二品朝臣何必引火烧身?"我的话有些凛冽。

木成舟脸露愠色,啪的一声,把手中的杯子摔了个粉碎。

"来人。"

兵丁搜遍了我的全身,一无所获。

"有一个办法能让你交出藏宝图。"

"哦？我倒想听听木成舟老爷的办法。"

木成舟双手拍了拍太师椅，捋了捋山羊胡，奸笑了几声。

"你弟弟的性命。"

三

"我祖籍河北平城，兄弟两人。我弟弟参加了岳家军，我唯一的亲人就是这个弟弟。可以说，我可以不在乎我，但我必须在乎我的亲人。"

"你弟弟在我手里。你不去，你的弟弟就得死。"赤裸裸的威胁。

我强压怒火："好，藏宝图在哨棒中，我带你去取。"

四

悬崖危耸，夜风呼啸。

木成舟望着我："少侠，我等你的好消息。"

他正想转身，我喊住他："木老爷。"木成舟表情很意外，以为我反悔了。

我说："木老爷，我不是少侠，记住我是大盗，江洋大盗。"

木成舟呵呵几声："对，大盗，大盗。"

我望了一眼夜空烁烁闪光的北斗七星，紧了紧身上绳索，一声长啸，纵身跃下崖顶。

我眼前一片漆黑，耳边回荡着木成舟最歹毒的言语。

五

木成舟清晨喝完银耳粥后，对侍从说："找到哨棒了吗？"

"没有。"

"死尸呢?"

"他的身子还欠在床榻上。"

我说:"木老爷,不用找了,我到了。"

木成舟脸上一阵阵地抽搐。

"你不是盗贼?"

"我不是。我是借你的邀请,来查你勾结方腊反军的证据。"

木成舟轻轻点了点头,突然,他的身形快如鬼魅,双袖一抖,两支喂毒的袖箭发出两道蓝光,直奔我的心房。我大喝一声,单手反抄,如探囊取物,袖箭反手回射,正中老贼咽喉。

我的武器是行者棒,但我的绝招是飞花摘叶。

我走过去,用手合上木成舟怒睁的双眼。"木老爷,有谁穿着长袍喝茶呢? 只有你木成舟,所以你暗藏的袖箭瞒不过我。"

神力王带着人大步流星地从外面走进来。他已经将木成舟的银库砸开,从死牢里救出我兄弟。

"你应该告诉他,你在江湖中是臭名昭著的盗贼,暗地里你是岳家军的先行特使。"

神力王大手扶着我的肩膀:"你是不是该告诉人们藏宝图在哪里了?"

我从他手中拿过哨棒,拧开棒头的活塞,从里面取出一块羊皮,递到神力王手中。众人围拢过来,争相观看,片刻哄然大笑。

神力王满脸通红:"原来你还是骗子,诳我助你脱险。"

我走到他跟前,拍了拍他的肩膀。

"嗯,这个江湖比宝藏更重要的,还有另一样东西。"

"是什么?"

我笑了笑,没有回答。

借人头

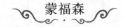

蒙福森·

尘土飞扬,弥天盖地。

立春以来,几个月没有下过一滴雨,河床干涸,草木枯黄,土地龟裂,许多地方的庄稼颗粒无收。

空气也仿佛变得异常干燥。

城高墙厚,不知道是第几次攻城了,均告失败。

最初,城下箭如飞蝗,城上矢石如雨,双方互有死伤。

后来,对方倚仗粮草丰足,城池坚固,死守不战,连影子也不露,躲在城垛后,任凭城下如何辱骂,纹丝不动。

要命的是,粮草越来越少了。

只够不到七天的粮草了。十多万的人马,每天要消耗多少粮草啊!

催运粮草的使者陆续回报:今年春旱,各郡小麦歉收,有的地方甚至颗粒无收,百姓交不上粮食了。

曹操在大帐里走过来走过去,眉头紧锁,不时地看看军用地图。

谋士们肃立帐外,皆敛声屏气。

看来只有放弃了。唉——

曹操在心里一声长叹。围城数月,耗去无数粮草,死伤数万士兵,城池

唾手可得,却因粮草不济而放弃,可惜啊可惜!

一鼓作气,再而衰,三而竭。曹操征战半生,文韬武略,深谙用兵之道,部队苦战数月,屡攻不克,伤亡惨重,士气已低落到了极点,即使解决了粮草,再打下去,也是徒劳无功啊!

士气!士气!曹操在心里苦苦地思索着。

正在这时,掌管粮草的仓官王垕求见。

"禀告丞相,大军粮草只能支撑不到五天的时间了,请丞相早做定夺。"王垕拜伏在地,说。

士气!士气!曹操的眼睛忽然一亮。刹那间,他的嘴角掠过一丝轻松的微笑,数月来的焦虑和苦恼荡然无存。

"那就用小斛分粮吧。"曹操故作思考片刻,然后无奈地说。

"这……这行吗?"王垕问,"万一士兵怨恨,激起众怒,怎么办?"

"只能这样了。去执行吧,我自有计策。"曹操淡淡地说。

第一天过去了,士兵们颇有怨言。

第二天过去了,士兵们怨声载道。

第三天中午,军营里沸腾了,士兵们刀剑出鞘,叫骂声不绝于耳,不时传入曹操大帐中——

"奶奶的!连饭都吃不饱,打什么仗?"

"走!咱们别为他们卖命了,回家去!"

见火候已到,曹操召令王垕进帐,厉声问:"怎么回事?"

"是……是用小斛分粮。"王垕结结巴巴地说。

"来人呀——把他拖出去砍了!"

"丞相饶命啊,小人冤枉啊,是你……"王垕话犹未毕,就被拖出帐外。

须臾,左右捧上王垕人头,但见其双目圆睁,鲜血犹滴。

"管粮官王垕贪污军粮,用小斛分粮,罪在不赦,把首级号令各营。"曹操大声下令。

"万岁！万岁！"士兵们的欢呼声此起彼伏，声震四野。

曹操下令攻城。士兵们士气高昂，气势如虹，军威大震，无所畏惧，一举攻破了城池。

夕阳如血，一切都归于沉寂。

数月后，使者来到王垕的家乡，向王垕的父母妻子颁布曹操的诏令："管粮官王垕贪污军粮，罪在不赦，按军法已枭首军前。念其曾效力军伍，多负勤劳，其眷属不加追究，着令地方官府着情抚恤……"

"丞相天恩呀——"王垕的父母妻儿拜伏在地，涕泪交流。

李一笛

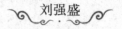

刘强盛

　　李一笛，原名李谟，幼年学笛于西域异人，开元年间凭一支竹笛闯荡长安教坊，技压西门追烟、柳如影、张野狐等高手，成为教坊首席乐师，声名直追李龟年、马仙期、贺怀智等大师，朋友赠匾"李一笛"。那年，他十九岁。

　　李一笛成名后，长安显贵争相重金宴请他。李一笛约法有三：境不佳不吹，客不雅不吹，一次只吹三曲。

　　一日，李一笛因故宿于越州，寓居客栈的十位进士闻讯，诚然相请，会于镜湖水云阁，并约定各带一客捧场。

　　那夜，云疏，月晕，风清，湖面如镜。澄波万顷，静影沉碧。

　　李一笛身着一袭水纹银袍，立于水云阁中，举目环视。客人倒也俊朗雅致——只是东南角那褐衣老者佝偻席地，似为乞丐。他皱了皱眉。

　　李一笛轻启朱唇，吹出一曲《临江仙》。和风飒飒，氤氲齐开。曲终，众宾客交相赞叹，褐衣老者却哈欠连连，昏昏欲睡。众宾客面有讥色。

　　李一笛不语，略沉思，另起一曲，却是《诉衷情》。笛声呜咽，如泣如诉。宾客沉浸其中，曲终良久，轰然叫绝。老者似被惊醒，微翻眼皮，竟又睡去。李一笛心中不悦，众宾客面带愠色。

　　卢进士抱拳道，孤独丈乃在下邻居，孤苦贫寒。想是老丈久居孤村僻壤,不懂丝竹之雅,望公子海涵。众人揶揄不已,孤独丈似乎又被惊醒,憨憨一笑。

李一笛又吹一曲《水调歌头》,一时愁云出岫,明月孤悬,烟波浩渺,潮打空城;忽而衰草离离,鹧鸪含愁,杜鹃啼血。众宾客无不动容伤怀,唏嘘不已。

孤独丈颔首微笑。

李一笛有怒色:"老丈如此怠慢,莫不是轻薄李某,抑或是此道高手,不屑一顾?"

孤独丈幽幽说道:"李公子认为老朽不会吹笛?"

众宾客笑道:"疯了,疯了!"

孤独丈徐徐说道:"请李公子试吹一曲《凉州词》,如何?"

李一笛吹《凉州词》。

曲终,孤独丈静静说道:"公子吹得还不错,只是曲中夹杂胡乐,莫非公子有龟兹朋友?"

李一笛大骇,拱手而揖,老丈真乃神人。晚辈吹笛二十载,竟未察觉曲中夹杂胡乐——家师确为龟兹人。

"而且你误将第十三叠吹成《水调》。"孤独丈缓缓说道。

李一笛再揖,道:"晚辈愚笨,请老丈指正。"说罢,以素绢拭笛递与孤独丈。

孤独丈并不接笛,冷冷说道:"此笛只适合粗通者使用,请借公子腰间紫斑玉笛一用。"众人才见李一笛腰间悬一皮囊。李一笛红着脸取出一笛,晶莹透紫,温润逼人,乃西域罕见的紫斑玉竹制成,即李一笛成名之笛。

孤独丈摩挲笛身赞道:"好笛!可惜吹到'入破'必定破裂,公子不会吝惜吧?"

李一笛说,不敢。

笛声起,还是一曲《凉州词》,却倍觉激越悲凉。黄沙滚滚,铁马嘶嘶,秋

风萧萧,月影幢幢,声入云霄,满座震栗。李一笛踟蹰不敢动弹。吹至第十三叠,孤独丈一一指出李一笛的谬误,李一笛垂首拱手,一脸肃然。忽而孤独丈指法一变,如骤雨敲窗,疾风折草;银瓶乍迸,水浆泠泠;铁骑突出,杀声隐隐,已到"入破"。只听得"啪"的一声,竹笛果然爆裂。李一笛凝神,众人屏息,一时竟呆了。孤独丈从怀中掏出另一支紫斑竹笛接着吹,曲调又与先前不同:宏大处似惊涛拍岸,细微处如春蚕嚼叶;辽远处似野马驰原,近切处如山泉低语;高急处似雏凤啼鸣,低回处如游龙戏水。曲终,李一笛拜服于地,众宾客神情恍惚,呆若木鸡。待清醒过来,孤独丈已飘然而去。

次日一早,李一笛与众人前往拜访孤独丈。人去屋空,灶灰尚温,桌上横放一紫斑玉笛、一曲谱,笛上新刻四小字:艺无止境。李一笛恭敬收纳竹笛,昼夜兼程赶回长安,将"李一笛"匾一劈两半。

江湖上从此再无"李一笛"。